ファンタジーを
ほとんど知らない
女子高生による
4
異世界転移生活
コウ
Illustration shimano

アンナ
フェル
佐藤美咲

ベル
キャシー

エリー
ルーシー

ファンタジーをほとんど知らない女子高生による異世界転移生活 4

コウ
Illustration shimano

新紀元社

目次

Character

佐藤美咲
さとう みさき

異世界に突然転移してしまったSF好きな女子高生。買ったことのあるものを呼び出せる能力と膨大な魔力を活かして、傭兵と食堂の主人というW生活を送っている。

鈴木 茜
すずき あかね

美咲より前に異世界に転移していた中学生。商才があり、すでに大金を稼いでいる。

フェル

美咲と仲よくなったエルフ。広場で魔道具の店を営むほか傭兵としても活動している。

広瀬明彦
ひろせ あきひこ

美咲より前に異世界に転移していた大学生。仕官し、対魔物部隊で活躍中。

小川浩二
おがわ こうじ

美咲より前に異世界に転移していた社会人。魔法協会で研究員を務める。

Story

ある日突然、魔法が普通に使われている“ファンタジー”な世界に転移してしまった女子高生の美咲は、自分で買ったものなら自在に呼び出せる能力を利用して、町で食堂を営業しつつ、膨大な魔力を“武器”に傭兵としても活躍中。傭兵仲間のフェルや自分と同じように突然転移してきたという茜、小川、広瀬など気心の知れた友人たちと、賑やかだが平和な毎日を過ごしていたのだが!?

一章　伝承

ミサキ食堂に三人目の店員が入ったというニュースは、マリアとエリーがミサキ食堂で暮らすようになってから僅か数日で、ミサキ食堂を知るかなりの者たちに知れ渡った。

ふたりがミストの町では珍しい獣人で、しかもマリアが美人ということもあり、男性客の比率が一時的に増加したりもした。

エリーは、町の子供たちに受け入れられ、最近では広場で一緒に遊ぶようになっていた。

外で元気に友達と遊んで帰ってくるエリーを見て、マリアは安堵の溜息をついた。

「ここで雇ってもらってよかったです」

「そう言ってもらえてなによりです。エリーちゃん、活発になりましたね」

美咲が広場で見かけたエリーは、子供たちと一緒に元気に走り回っていた。

「いままでは旅から旅で、エリーは友達を作ることもできなかったんです」

「この町で仲のいい友達ができるといいですね。ところでエリーちゃんのお父さんのお話って聞いても大丈夫ですか？」

あとでひょっこりと現れたお父さんを、不審者扱いでもしてしまったら大変だと、美咲が尋ねると、マリアは複雑そうな表情を見せる。

「ええ、構いません。白の樹海で行方不明になったのがエリーの父親です……結局、亡くなってましたけど、樹海の中で形見だけでも見付かったのは幸運でした……あ、エリーにはこのことは」

「……はい、内緒にしておきますね」

美咲たちがそんな話をしていると、ミサキ食堂のドアがノックされた。

「はーい」

美咲がドアを開けると、そこにはシェリーがいた。

「あ、ミサキさん。指名依頼が出ているんですが」

「あー、はい。茜ちゃんも必要？」

〝蒼炎使い〟として名が売れはじめている茜も必要かという問いに、シェリーは首を横に振った。

「いえ、今回はミサキさんだけです」

「了解です。それじゃマリアさん、ちょっと傭兵組合に行ってきますね」

「はい。アカネさんにも伝えておきますね」


シェリーはまだ用事があるとのことで、美咲はひとりで傭兵組合を訪れた。

会議室に通された美咲は、ゴードンが部屋に来るなり、

「今回はどんな魔物ですか？」

と聞いてみた。美咲に指名依頼が来るとすれば、フェルとふたりで魔物退治の可能性がもっとも高いと判断した結果である。美咲の質問にゴードンは腕組みをし、天井を見上げた。

「魔物本体の目撃情報はないんだ」

「魔物じゃないんですか？」

美咲は首を傾げた。いままで美咲が駆除してきた魔物はどれも体躯が大きく、一番小さい白狼でさえ、セントバーナード犬もかくやという大きさだった。目撃情報がないということは、小型の魔物もいるのだろうか、と美咲が考えたところでゴードンは深い溜息をついた。

「はあぁ……魔物だと確認されたわけではないが、おそらく魔物だ」

「意味がわかりませんよ？」

「まあ、フェルが来るまで待ってくれ。同じ話を繰り返したくはない」

しばらく待っていると、フェルがシェリーに連れてこられた。

「あ、フェル。待ってたよ」

「うん、お待たせ。それでなにが起きたの？」

「……いまから説明する。座ってくれ」

フェルが椅子に腰かけるとゴードンはミストの町周辺の地図を取り出し、テーブルに広げる。

「ここと、ここ、それからここで異常な土の盛り上がりが発見された」

ミストの町の塀の外、数カ所を指差すゴードンに、フェルが尋ねた。

「土の盛り上がりって、どういう？」

「……モグラを知っているか？」

「知ってるけど」

フェルが答え、美咲のほうを見る。

「私も知ってます」

美咲がそう答えるとゴードンは頷いた。

「そうか。モグラが通ったような跡、でわかるか？　そんな跡が発見されたんだ。ただし、横幅が人の腕の長さほどのな……よそは知らんが、ここらで知られているモグラは肉食だ。地面の下を移動するのでは塀で止められない。町の中に出てこられたら厄介なことになる……かもしれない」

　モグラは肉食で、ミミズや昆虫を捕食する。日本ではヒミズというモグラに似た動物もおり、そちらは雑食だが、ヒミズはモグラほど前足が発達しておらず穴掘りも得意ではなく、土の中よりも落ち葉の下などを生活圏にしているので今回の話とは一致しない。

　モグラはとても大食らいで一日に自分の体重の半分以上の重さを食べ、半日以上胃の中が空のままだと餓死してしまうともいわれている。餌を確保できなければ死んでしまうため、モグラはその唾液に含まれる麻酔成分で獲物を仮死状態にして巣に保管するという習性も知られている。もしもモグラと同じ大食らいの魔物であれば、かなり危険かもしれない、と美咲は頷いた。

　ちなみに美咲のモグラに関する知識は、父親の蔵書にあった昭和時代の日本のＳＦ小説（幽霊が登場する小説だが）を読んだ際に調べたことだったりする。

「それで、そのモグラは見つかったんですか？」

「いや。相手は地面の下だ。穴の跡がいくつか見つかっただけだ」

　美咲の問いに首を横に振ったゴードンに、フェルは溜息を漏らした。

「……まず見付けてもらわないと。私とミサキの魔法は、見えない相手には効果ないし」

「偵察は各方面に出している。だが、地面の下の相手だ。発見は難しい」

ゴードンは自分の頭をぴしゃりと叩きながらそう言った。

「それじゃ、なんでフェルと私が呼ばれたんですか？　私たちは攻撃要員ですよね？」

「ひとつは情報共有だ。敵を発見した場合、即座に対応してもらうためのな。もうひとつは」

ゴードンは美咲の顔を見詰めた。

「ないか？　地面の下の相手を見付けるような魔法は」

「……手持ちにはありません。必要なのは音響測深《アクティブソナー》の魔法かな……でも、反射音《エコー》から距離や方角を知る方法がないと意味ないか……距離はともかく、全方位から音が戻ってくるのにどうやって方角を調べるんだろ？　レーダーは送信電波に指向性を持たせたりアンテナを回転させれば方角がわかるかもだけど、音は遅いし全方位に広がるし……音を受ける場所を複数にして、それぞれに音が届いたタイミングで三角測量するとか？　……でも、仮にそれを使ってモグラの穴を発見できたとしても、その空間にモグラがいるのかまではわからないか……うん、ちょっと無理そうですね」

　ソナーのような魔法があれば、反響音で土の密度の変化や地層や断層を知ることはできるだろうが、地中の穴になにかいるのかまではわからないというのが美咲の考えだった。それに、仮に地中ソナーを魔法で再現できた場合、戻ってきた音響を分析する必要があるため、コンピュータの補助なしでの解析が困難であることは予想に難くない。

「そうか。フェルにも隠し玉はないか？」

「ないです。そんなのがあったら、今頃、王都の魔法協会にいます……ああ、音はどうなんです？

そんな大きなのが土の中を移動しているなら地面を伝わって音が聞こえたりは？」

「なるほど。偵察隊に伝達しておく」


傭兵組合を出た美咲とフェルは、ミサキ食堂の方向に歩き出す。

美咲が隣を歩くフェルの長い耳を見て、

「フェルは耳、いいんだよね？」

と尋ねると、フェルは耳をピクリと震わせて頷いた。

「聴力には自信あるけど、モグラの動く音とか意識したことないからなぁ」

だから、音が聞こえたとしても、知らない音だとしか認識できないと思う、とフェルは答えた。

「まあ、それはそうだよね……あ、店、寄ってく？」

「いまはやめとくよ。私も仕事の途中で呼び出されちゃったから」

「ん。わかった」


美咲が食堂に戻ると、エリーが腰のあたりに抱き着いてきた。

「ミサキおねーちゃん、おかえりー」

「ただいま、エリーちゃん。マリアさんいる？」

「あ、はいはい。なんですか？」

奥で皿洗いをしていたマリアが、手を拭きながら出てくる。

「モグラの魔物って聞いたことあります？」

「いえ。初耳ですけど」

「ですよね。モグラ退治の方法とか知ってたら教えてもらいたかったんですけど」

返事を期待せずに美咲が呟くと、マリアはある意味、当然でありながら、誰も思い付かなかったヒントを口にした。

「それなら農家の方に聞いたほうがいいかもしれませんね。作物が荒らされると聞いたことがありますから」

「……なるほど、確かに」

◆

「モグラの対策ってぇことだが、まず、寄せ付けねぇようにするのがひとつだ。もうひとつは、ちと面倒だが罠だな」

農家を交えての対策会議の場で、農家代表のデニスはそう言って、金属の筒を取り出した。

「それは？」

ゴードンの問いに、デニスは筒の両端を開けて見せた。

「これはモグラ用の罠だな。モグラの穴に仕かけて捕まえるもんだ。寄せ付けねぇっていうなら、商業組合で薬が売られてるが、確実に倒すなら罠だ。ただ、モグラが毎日使う道を探して仕かけないとなんねぇから、ちと面倒だがな」

　モグラは地面の下に穴を掘って移動すると思われがちだが、実際には毎度穴掘りをしているわけではない。あらかじめ掘っておいた穴の中を移動することが多いし、自分の穴は自分の縄張りとして見回り、穴が崩れていたら直したりもする。

　ちなみに肉食のモグラが農家に嫌われるのは、モグラが畑を崩したり、作物を障害物として破壊したり、モグラの穴を通ってネズミなどが畑に侵入し、作物を荒らしたりするからである。

　デニスはモグラの習性と罠を仕かける場所の見付け方、罠の仕かけ方、モグラにとどめを刺す方法をゴードンに教えた。また、忌避剤を仕かけるポイントについても説明した。

「なるほど。参考になった。とりあえずモグラが毎日使っている穴を探すことにする……罠は、穴の大きさに見合ったものを発注しよう。しかしモグラは肉食なのに、農家が詳しいとは思わなかった」

「やつらは作物もなにも土と一緒に掘っちまうし、畝《うね》も畦《あぜ》も壊しちまうからな。だからモグラの魔物なんて悪夢だな。とっとと倒してくれよ」

「ああ、努力する」

「罠で片が付くなら、私たちの指名依頼は取り消しかな？」

　フェルが尋ねると、ゴードンは首を横に振った。

「まだ、これで解決できると決まったわけではない。当面は待機だが、指名依頼は継続だ」

「じゃあ、なにかあったら呼んでもらうってことで」

「ああ、そうさせてもらおう。ところでミサキ、農家に聞くというアイディアは助かったぞ」

「はい、マリアさんの案なので、ご褒美があるならマリアさんによろしくです」


「というわけで、マリアさんにお土産です」

ゴードンから協力への感謝として、マリアには金一封が贈られた。

革袋に入ったそれを、美咲は簡単な説明とともにマリアに手渡した。

「別に普通のことだと思いますけど、頂けるものはありがたく頂戴しておきます」

「そうしてください。ところでエリーちゃんは？」

そろそろ夕食の時間帯である。姿の見えないエリーのことを尋ねると、マリアは天井を指差した。

「アカネさんと遊んでます。リバーシ、ですか？　エリーはあのゲームが気に入ったみたいで」

「なるほど。それじゃ晩ご飯は私が作るか。エリーちゃんは鶏肉が好きみたいだから……モモ肉を生姜醤油に漬け込んで焼こうかな。主食はお米にして、と」

マリアとエリーには米の存在を教えていた。といっても、雑貨屋から運ばれてくる謎の食料の一種というだけであり、この文化圏には米食の習慣が存在せず、エトワクタル王国近辺で稲作が行われていないことなどは知らせてはいない。マリアたちの認識は、炊いた麦に似た不思議な食感の穀物という程度だが、食べる分にはそれで十分である。

「あ、料理は私が作りますから、マリアさんはエリーちゃんに付いててあげてくださいね」

「はい、わかりました」

ミサキ食堂の厨房は美咲と茜が仕切り、マリアは接客と皿洗いのみというルールは営業時間外にも適用されていた。そのため、マリアはあっさりと二階のエリーのもとに上がっていった。

「さて。じゃ、鶏モモ肉の生姜焼きと、もう一品、なんにしようかな。ニラ味噌でも作ろっかな」

匂いの強い食材でも、甘めの味付けにすればエリーでも食べられることは確認済みである。

美咲は材料を調理台に並べ、料理の準備を始めた。

◆

傭兵組合によるモグラの魔物の探索は、順調に進んでいた。

モグラの穴を発見したら、とりあえず軽く潰して、そばに目印の棒を立てておく。数日後に穴が元通りになっていれば、そこはモグラが日常的に使用する通り道とわかる。

モグラの魔物の姿こそ確認できていないが、こうしてモグラの通り道はすぐに発見された。

しかし、退治となると、肝心の罠がまだ未完成で、具体的な対策を取るには至っていなかった。

そのため、新しい通り道ができていないか、毎日のように偵察隊による穴探しが行われていた。

「毎日、モグラの穴を探すのもいい加減飽きてきたな」

「そうはいっても兄貴。モグラが相手じゃ剣で戦うわけにもいかないっすよ」

「わぁってるよ。単なる愚痴だ。聞き流せ」

「へーい。あ、あっちにも盛り上がってるところが。って、こりゃただの根っこか」

ミサキ食堂の常連でもあるクリスとレニーは、ミストの町の東側の偵察を行っていた。偵察とはいっても、地道に歩いてモグラの穴を探すという、労力ばかりかかって実りの少ない作業なのだが、これを行っておかないと、モグラの縄張りが変わったりしたときに、見落としてしまう恐れがある。

「……ん？　レニー、ちょっと静かにしろ」

「へい」

短く返事をしてレニーはその場で動きを止めた。

クリスの視線の先には、土の盛り上がりがあり、それが動いていた。モグラ塚である。

ボコッと土が盛り上がり、中から子牛ほどもありそうな生き物が顔を出した。大きささえ無視するなら、その発達した前足はどう見てもモグラのものだった。そして、その額には魔石が埋まっていた。モグラの魔物はクリスたちが見ているすぐ前で土を捨てると、また地中に戻っていった。

「……初めての目撃例だな。魔物だったな？」

「へい。魔石がありやしたね」

「戻って報告だ。この情報は最優先で持ち帰るべきだろう」

報告を受けたゴードンは、大きな溜息をついた。

「まあ、魔物だろうと思ってはいたが、実際に確認されたか。しかし、厄介な魔物だな」

「地面の下じゃ手が出ねぇからですかい？」

レニーの問いに、ゴードンはそうではない、と首を横に振る。

「発見するのが困難だというのが一番厄介なんだ」

発見できるならいくらでもやりようはある、とゴードンは呟いた。

「……ああ、なるほど……あれ？　でも罠を作ってるんすよね？」

「大きさこそデカいが、モグラ用のな……魔物にどこまで通用するか」

魔物のなかには個として超越した能力を得ているものがいる。

竜種が火を噴いたり、亀の魔物の甲羅が異様に丈夫になったりするようなもので、種によってその性質は異なるが、基本的には生き物としてより強くなる傾向がある。

モグラの魔物の能力が不明なうちは、罠で決着がつくと安易に考えられないゴードンだった。

「組合長、罠はいつ頃できるんですか？」

クリスが聞くとゴードンは渋面を作った。

「あと、二、三日はかかるそうだ。それまでは引き続き偵察を頼む」


四日後、美咲とフェルは傭兵組合に呼び出された。

「モグラの魔物、見つかったの？」

「ああ、いや、うん、まあなんだ。一旦、捕捉はしたが逃げられた」

「逃げられたって、どうして？」

フェルの問いに、ゴードンは厚さ五ミリほどの金属板を見せた。

「罠を破ってだ。これは罠の蓋の破片だが、鋭利な刃物で切られたような断面だろ。モグラの魔物がやったんだ」

板には数条の切れ目が入っており、その断面は磨いたように綺麗だった。

「……ということは、罠の見直しですか？」

美咲のその問いに、ゴードンは目を逸らす。

「罠をふたつ連結する。ひとつ目が壊されて、ふたつ目の罠に入ったところに魔法で攻撃をしてもらう」

「後ろに逃げられたら駄目じゃないですか」

「いちおう、入り口部分に逆棘《さかとげ》を付けるし、外側の蓋は分厚くする」

「私の炎槍じゃ、ミサキの魔素のラインがあっても地面の下の相手には効果ないと思うけど？」

「……そうか……なら、ミサキのインフェルノならどうだ？　ミサキ、効果はあると思うか？」

ゴードンの問いに、美咲は小首を傾げ、考え込む。

「地面にインフェルノが着弾したら、地下で蒸し焼きですね……仮に毛皮に熱耐性があっても、酸素がなく……えーと、窒息すると思いますよ。酸欠《それ》に耐えられたとしても、空気が炎よりも熱いから、息したら肺が焼けますね……あれ？　魔法でとどめを刺すってことは、罠を仕かけたら私はそこでモグラが罠にかかるのを待つわけですか？　それってつまり私も罠の一部ってことですか？」

罠はモグラを捕らえるためのものではなく、モグラがそこにいることを知らせると同時に、逃げられるまでの時間をほんの少し稼ぐものでしかない。モグラが罠から逃げ出す前に魔法攻撃をするためには、美咲も罠のそばに待機しなければならない。否定のしようのない美咲の問いに、ゴードンは重々しく頷いた。

「ああ。それが最善手のようだからな」

「ミサキ、頑張ってね」

「フェルは他人事だと思って、もう」

「そんなことないよ。ちゃんと付き合うよ。インフェルノで倒し切れなかったときの予備としてね」

フェルの返事を聞いて、美咲は不安そうな表情を見せる。

「インフェルノで倒せない魔物相手に手があるの？　あんまり危ないことはしないでよ？」

「相手が一体だけなら、倒せないまでも追い払うくらいはなんとかなると思うんだ」

「ちなみにどんな方法なの？」

「地上に出てきたら、目や鼻を狙ってふたりで魔法攻撃かな。当たれば大抵の魔物は逃げるよ？」

「あー、毛皮のない部分に直撃すれば効果はあるんだね」

なるほど、と頷く美咲にフェルは肩を竦めた。

「まあ、インフェルノが効かない相手ってのも滅多にいないと思うけど」

モグラ退治の準備にはそれから五日を要した。

ふたつの罠を連結し、一方にモグラがかかった時点でそれを知らせる棒が地上に飛び出る仕掛けが施された新しい罠は、速やかにモグラの通り道に設置された。

それに伴い、美咲とフェルの両名も、罠から二十メートルほど離れた位置で待機を始める。

なお、罠の位置には場所を見失わないように小さな旗が立てられている。

「……ミサキー、これ、思ったより退屈だね」

「待つだけだからねー……ほら、静かにしてないと、モグラが警戒して寄ってこないかもだよー」

虎のゴーレムのときのように大きな足音などの予兆がないため、美咲たちは小さな旗が立てられた付近に棒が出てこないかをじっと見ていなければならない。椅子に座って見ているだけの仕事だが、地味に神経を使う作業に、美咲も疲れを隠せなかった。

太陽が中天にかかる頃、目印の小さな旗がパタリと倒れた。次いで、穴から棒が飛び出し、金属同士を擦り合わせるような甲高い音があたりに響く。

「ミサキ！」

「……インフェルノ！」

青白いインフェルノが棒の付近に着弾すると、盛り上がった土が一瞬で蒸発し、罠が露出する。

「もう一発！　……インフェルノ！」

穴の中の罠も蒸発し、モグラの姿が一瞬だけ陽炎の中に見えた。それで終わりだった。

しばらく待っても動きがない。だが、着弾点は地面が溶解し、その付近はゆらゆらと陽炎のように揺れて見えていた。状況を確認したくても熱くて近付けたものではない。

「ミサキ、アブソリュート・ゼロ、撃ち込んでよ」

「今度は冷えすぎて近付けなくなるんじゃないかな。それにあれって凍った酸素とかだから、赤熱してる地面には撃ち込みたくないよ。フェルが普通の氷槍でも撃ち込めば？」

「サンソ？　まあいいや。穴に到達する前に蒸発するような気がするけど……氷槍」

フェルの手元を離れた氷の槍は、罠の付近まで飛び、着弾と同時に蒸発した。

「魔素のライン使う？」

「うん、できるだけ太めでお願い」

美咲は頷くと魔素のラインを伸ばす。

的までの距離が短いからか、太さは美咲の太ももほどにもなった。

「フェル、いいよ」

「ありがと。氷槍！」

フェルが魔法を発動させた直後、大きな氷の槍が着弾する。しかし、陽炎はまだ消えなかった。

「それにしても、地面が蒸発するとは思わなかったよ。相変わらずミサキの魔法はとんでもないね」

「私だって予想外だよ。蒸し焼きになると思っていたのに……モグラ、倒せたと思う？」

「一瞬見えたからね。たぶん、地面と一緒に蒸発したんじゃないかな？」

結局、温度調整にはかなりの時間を要した。温度が下がってから罠のあった部分を確認すると、地面がガラス状になっており、そこにモグラのものと思しき骨の欠片が残っていた。

「ねぇフェル。これって、やっつけたってことでいいのかな?」

「いいと思うよ。とりあえず、骨の欠片を拾って戻ろう」

「穴はこのまま?」

「誰かが確認に来るかもだから、このままだね。埋めるにしたって、土が蒸発しちゃってるし」

骨の欠片を拾い集めて革袋にしまっていると、フェルが小さな魔石の欠片を発見した。

「ミサキ、魔石の欠片だよ。モグラの魔物のだろうね。これなら間違いなく倒してるね」

「よかった……この待機って結構神経を使うから、もうやりたくないよ」


傭兵組合に戻った美咲たちは、ゴードンに事のあらましを説明した。

「そうか、魔石の欠片があったなら退治したってことで間違いないな。よくやってくれた」

「それじゃ、私たちはこれで」

そう言ってフェルが立ち上がろうとすると、ゴードンが待ったをかけた。

「待った。ふたりとも黄色に昇格だ。受付に寄ってくれ。これからは、赤の傭兵を目指し、一層精進するように」

「精進って言われても、私の本業は食堂の店主だし」

「私も魔道具の魔素充填が本業かな」

「いや、お前ら、黄色っていったらなかなかなれないんだから、もう少しやる気出せ」

あまりにもやる気の感じられないふたりに、ゴードンは、昇格は時期尚早だっただろうかと少しだけ後悔をするのだった。


美咲は広場に立ち寄り、子供たちと走り回っているエリーをしばらく眺めたあと、ミサキ食堂に帰ってきた。

「ただいまー」

美咲が声をかけると、厨房でなにやらゴソゴソしていた茜が顔を出した。

「美咲先輩、お帰りなさい。モグラ退治どうでした？」

「成功したよ。あ、エリーちゃん、広場で遊んでたよ。なにか高鬼みたいなのやってたけど、こっちにもあるんだね」

「あ、そのルール、教えたのは私です。こっちだと鬼ごっこと隠れんぼと、なんかその派生くらいしかないらしいんです。ローカルルールはいろいろとあるみたいですけど」

茜は嬉しそうな笑顔を見せる。その手には、甘い匂いのするボウルを持っている。

「そうなんだ。缶蹴りとかも教えたら面白いかもね……って、空き缶なんて落ちてないか」

「それもありますけど、広場で缶を蹴るのはちょっと危ないかなって思って教えてません」

「ところでなに作ってるの？」

「パウンドケーキです。工房でオーブンを作ってもらったので、試しに焼いてみようと思いまして」

混ぜ終わった生地を、ボウルから型に移しながら茜が答える。

「ふーん。プレーン？」

「はい。今回はオーブンの試験も兼ねて、日本で作ったことがあるのにしてます。材料もわかりやすいですし」

　パウンドケーキは、小麦粉、バター、砂糖、卵をそれぞれ一ポンドずつ使って作ることからその名が付いたといわれるケーキで、すべての分量が均等であるため、初心者でも材料を覚えやすい。常温の無塩バターに砂糖を混ぜ、卵を数回に分けて混ぜ、ふるった小麦粉を入れて混ぜ、それを百七十~百八十度くらいで三十分ほど焼く。とにかく混ぜ続けるのが面倒だが、茜にはハンドミキサーの魔道具がある。パウンドケーキはレモン、チョコ、紅茶、生姜、ナッツ類など、さまざまなフレーバーと相性が良く、パウンドケーキ専門店が成立するほど種類が多い。ちなみに、パウンドケーキはフランスで誕生したケーキで、四種類の材料を均等に使うことから、フランス語で〝四分の四〟を意味するカトル・カール《Quatre・quarts》と呼ばれている。

「……エリーちゃんに作ってあげたいんでしょ」

「あ、バレました？」

「なら、茜ちゃんがひとりで作ったほうがいいね。手は出さないけど、助けが必要なら声かけてね？」

「はーい」

「ところで茜ちゃん、なんでわざわざオーブンの魔道具なんて作ったの？　うちのキッチンにも大きいのがあるよね？」

ミサキ食堂には、鶏程度なら丸ごと焼けるような大型のオーブンの魔道具が設置されている。

美咲は掃除が面倒だからと滅多に使わないが、魔素は補充しているし、別に使えないというわけではない。

「こっちのオーブンって温度調整が難しいじゃないですか。予熱してもなかなか温度が安定しないし、狙った温度になったのかわからないし、温度を一定に保てないし」

茜は生地の入った型を、余熱を済ませていたオーブントースターに似た魔道具に入れ、温度のダイアルを確認するとタイマーを回して蓋を閉めた。なお蓋の部分はガラスではなく、小さな覗き穴に透明に加工した魔石を嵌《は》め込《こ》んだものとなっていた。

「まあそうだけど。ん？　……てことは、まさか温度設定ができるオーブンを作ったの？」

「そうですそうです。それと、設定した温度を維持するような仕組みも取り付けました」

学校で習ったバイメタルの仕組みを工房の親方に教えて工夫してもらったんです、と茜は嬉しそうに言った。

「それは便利そうだね」

ミサキ食堂にあるオーブンには、庫内温度を一定に保ってくれるような仕組みは付いていない。

薪を使うオーブンと比べれば、魔道具である分ブレは少ないが、そろそろいい感じかな、という感覚に頼って温度調整を行う必要があるため、使い慣れていないと失敗することも多いのだ。

「あれ？　でも茜ちゃん。温度はどうやって説明したの？」

「とりあえず水が沸騰するのを百、氷になるのが零としてもらいました。実験でパンを焼いてみた感じだと、百八十度あたりは、それっぽくできたと思います。日本のオーブントースターに近い感覚で使えると思いますよー」

「それは嬉しいね。ところで、パウンドケーキのほうは順調そう？」

「はい、いまのところ順調そうです」

蓋の部分に嵌まっている透明な魔石を通してオーブン内を確認し、茜は頷いた。

「エリーちゃん、喜んでくれるといいね」

「はい」

広場で走り回ったエリーが帰ってくると、ミサキ食堂の中にはバターの匂いが充満していた。

広瀬あたりなら胸焼けに苦しみそうな匂いだが、エリーは気に入ったようで、鼻をクンクンいわせながら食堂の中をフラフラと歩き回る。

「エリーちゃん、いまは火を使ってるから近付いたら駄目だよ。もうすぐ美味しいものができるからね」

エリーの行動を眺めてニコニコしながら茜が注意すると、エリーはしまった、という表情を見せ、食堂のカウンターの向こうから厨房を覗き込もうとする。

「エリー、もう少し落ち着きなさい」

「はーい」

マリアに窘《たしな》められたエリーは、カウンターの椅子に座り、足をぶらぶらさせるのだった。

茜は焼き上がったパウンドケーキを一切れ皿に載せ、エリーの前に置く。

食べていいの？　と、目をキラキラさせながらマリアの顔を見上げるエリーに、マリアは苦笑しながら頷く。それを見たエリーは、パウンドケーキにフォークを突き刺すと、パクリと齧り付き、目を丸くした。

「わー、あまくておいしー！」

パウンドケーキを頬張りながらエリーが笑顔を見せた。

尻尾をピンと立て、左右にゆらゆらと揺らしている。

茜は、それを嬉しそうに眺めていた。

「みんな、紅茶淹れたよ。マリアさん、どうかしました？」

美咲がテーブルに紅茶を並べると、マリアが固まっていた。

「……いえ、その……紅茶ですか？　いつものセンチャじゃなかったのでちょっと驚いただけです」

食事のときに出している煎茶とは異なるお茶が出てきて、マリアは驚いているようだった。

ちなみに陶器のカップに入っていることや、金属のスプーンが添えられていることについては、すでにマリアも馴染んでおり驚きはない。

「うん。普通の紅茶だから安心して飲んで。あ、煎茶のほうがよかった？　なんなら淹れるけど」

「いえ、紅茶も好きですよ。二種類もお茶を用意してるなんて、なんだかお貴族様みたいですね」

「この町にだって喫茶店とかあるんだから、大げさだよ。あ、エリーちゃんのにはお砂糖入ってるから」

「ありがとうございます」


パウンドケーキはエリーに大好評だった。

雑貨屋アカネができるまでは、平民が口にできる甘味は限られており、甘味が受け入れられやすい下地があったところにパウンドケーキである。

パウンドケーキは、スフレケーキのように小麦をあまり使わない種類のケーキを除けば、ケーキのなかでも小麦に対する砂糖の割合が多い部類である。当然、使用した砂糖の分量に比例するように甘いし、大量に使ったバターとの相乗効果で匂いまで甘く仕上がっている。

そんな甘味を提供され、エリーは満面の笑みを浮かべた。

「これは……ちょっと普段は作れないですね」

一口食べたマリアは、使っている砂糖の量を理解してそう呟いた。

「あー、お砂糖ですね。もう少し少ないレシピもあるんですけど、今回は一番簡単なのにしてるんです。いろいろ研究して、あんまりお砂糖を使わないレシピも考えてみますね」

　茜の言葉に、マリアはホッとしたように頷いた。


　パウンドケーキと紅茶でお腹がいっぱいになったエリーは、歯磨き棒をガジガジと噛んで、マリアに抱っこされているうちに電池が切れたように眠ってしまったので、いまはマリアが二階の部屋で寝かせている。


「美咲先輩、レシピ集とか呼べませんか？」

「レシピ？　なんの？」

「お菓子のです。エリーちゃんにいろいろ作ってあげたくって。その、甘さ控えめの作り方とか知りたいんです」

「んー？　お菓子のレシピ集……買ったことあったかなぁ？」

　美咲はお菓子のレシピ集を呼んでみた。しかし、なにも現れなかった。

　家庭料理のレシピ集は呼べたが、載っているのはおかずのレシピがメインで、お菓子類のレシピはおからクッキーやホットケーキ、プリン程度しか載っていなかった。

「あ、雑誌とか、ありませんか？」

「雑誌？　雑誌って……ああ！」

　美咲はカラフルな表紙の雑誌を呼び出した。内容はバレンタイン特集で、チョコレート関連のレシピが載っている号だった。

　続いてクリスマス特集の号を呼ぶと、こちらはローストチキンや可愛い見た目の簡単料理に加え、甘さ控えめのケーキのレシピなどが載ったものが出てきた。料理雑誌ではないため、レシピの種類は多くないが、茜が欲しいと思っていた甘さ控えめの作り方がいろいろと記載されている。

「ありがとうございます。そうです。こういうレシピが見たかったんです。これでエリーちゃんにまたいろいろ作ってあげられますねー……へぇ、蜂蜜はわかるけどきな粉なんか使うんだ。ああ、ドライフルーツを使うのもありですね」

「うん。でも材料は気を付けてね。この世界にあるものだけで作れるようにしておかないと、マリアさんやエリーちゃんが自分で作ろうとしたときに困っちゃうから」

「あー、そうですね。気を付けます……んー、チョコレートケーキは大丈夫ですよね。この世界、チョコはありますし。でも、ナッツ類は注意が必要かなー」

「お酒はマリアさんかフェルに聞くといいかもしれないね。アルコール度数の高いお酒を何種類か紹介してもらっておけば、いろいろ応用が利くと思うよ」

　美咲の言葉に、茜は首を傾げた。

「応用ってどういうことですか？」

「ケーキにお酒で風味を付けたり、果物をお酒に漬けたりとかかな。うちの兄はラム酒に干しぶどうを漬けてラムレーズン作ってアイスに混ぜて食べてたっけ。あれ入れた蒸しパンは美味しいよ」

「あー、なるほど。この世界に蒸留酒ってあるんでしょーか？」

「あるらしいよ。今度、フェルに酒場に連れてってもらおう」

「え、飲むんですか？」

普段は茜がお酒に興味を示すと、美咲はそれを窘めるのに、と茜は不思議そうに首を傾げる。

「私たちは見て、匂いを嗅ぐだけのつもりで行くからね。飲むのはフェル」

広場で魔道具の露店を片付けていたフェルを見付けた美咲と茜は、フェルを誘って酒場に向かった。

夕方に開いたばかりの酒場には、数人の客がいるものの、まだ酔客の姿はない。酒場に入ったフェルは、入り口から少し入った、酒樽が壁になってほかからはあまり見えない席を選んだ。

「それにしてもミサキとアカネが酒場に誘ってくるなんて珍しいね。なにかお祝いとか？」

フェルの問いかけに、美咲は笑みを浮かべて首を横に振った。

「おめでたいことは特にないかな。フェルってお酒に詳しそうだから、ミストの町で手に入る、酒精の強い、香りがいいお酒について教えてもらいたいんだ」

「フェルさん、よろしくお願いしまーす。いろいろ教えてください」

茜がペコリと頭を下げた。

「いいけど、飲むんだよね？」

「私たちは飲めないよ。日本だとふたりとも飲んじゃいけない年齢だし。お酒をお料理に使いたいんだけど、どういう種類があるのかよく知らないから詳しい人に教えてもらおうと思って」

「へえ、研究熱心だね。ミサキ食堂に新しいメニューでも増やすつもりなの？」

「茜ちゃんが自分たち用に甘味を研究してるんだ」

甘味と聞いて、フェルの目が光った。

「それは楽しみだね。アカネ、頑張ってね」

「完成したら、フェルさんも食べてくれますかー？」

「勿論だよ。でも甘味か。そういうことならいくらでも協力するよ。蒸留酒で香りが強いものがいいんだね？」

「そうですね。あと甘いお酒なんかもあれば」

ふむふむと頷いていたフェルが、片手を上げてオーダーを始めた。

待つことしばし。コップに入ったお酒がテーブルに並んだ。

「まずは麦の蒸留酒《ウイスキー》」

「あ、ウイスキーはあるんだね……でも色がついてないね？」

美咲の問いに、フェルは不思議そうな表情を見せた。

「色？　普通、ウイスキーは無色透明でしょ？」

この世界のウイスキーは、蒸留したものを甕《かめ》に詰めただけの代物で、樽で寝かせたりはしていない。そのため、焼酎のように無色透明の状態で売られているのだ。当然、樽の香りもついてない。

出典不明の俗説ではあるが、地球では十八世紀のイギリスにおいて蒸留所に重い税が課されたことで密造が常態化し、密造した透明なウイスキーをシェリー酒の空樽などに入れてさまざまな場所に隠し、その結果、樽に入れて熟成させると酒に風味がつき、琥珀色に変化するということが発見されたなどといわれている。もっとも、十六世紀後半にはブランデーの樽熟成が始まっていたことから、ウイスキーはブランデーの模倣をしたと考えたほうが流れとしては自然である。だが、いずれにせよエトワクタル王国では、まだ樽熟成は発見されていないのだ。

「で、こっちがウイスキーベースでいろいろ漬け込んだお酒。漬け込む果物の種類によって、色も名前も味も違ってるんだよ。お薦めはこれかな」

　フェルは、黄色っぽいお酒を茜に見せた。

「ミカンみたいな匂いがしますねー」

「何種類かの柑橘類を漬け込んだもので、味も甘いよ」

「へー、漬け込んだ果物は取り出しちゃってるんですか？」

「うん、酒場ではそうだね。漬け込んだ状態のが欲しければ、酒屋に行けば売ってるよ。あと蒸留酒じゃないけど、これはお菓子作りに使えそうかも？」

　別のコップを茜に差し出す。

　その表面に僅かに泡が出ているのを見て、茜は不思議そうな顔をする。

「エール……じゃなさそうだし、なんですか、これ？」

「発酵中の蜂蜜酒《ミード》。蜂蜜の風味がして美味しいんだ、これが」

「なるほど。蜂蜜ならお菓子には合いそうですねー」

「使う蜂蜜の種類で風味がかなり変わるし、発酵が浅いのは甘みが残ってるよ。香草の花の蜜のもあるね」

　フェルは隣のコップを、これもミードだと言って茜に差し出す。

「あれ？　え？　ええと、これもミードなんですか？　美咲先輩、これ、なんかとてもよく知ってる匂いなんですけど」

「知ってる匂いって、まさか隠れてお酒飲んでたの？」

「違いますって。匂い嗅いでみてください」

　茜が美咲の顔の前にコップを突き出す。最初のミードと違い、発酵が完了しており泡は出ていないが、茜がコップを軽く揺らすと、匂いが立つ。それを嗅いで美咲も不思議そうな顔をする。

「これ……私も知ってる……そっか、梅酒の匂いだね。これ」

「ニホンに似たお酒あるの？　これは杏の花の蜜を集めて作ったお酒だね。香りが独特でしょ？　ベルやアンナも結構好きなんだよね、これ」


　結局、というか、予定通りというか、注文したお酒はフェルが全部飲み切った。

　それらの代金を支払った美咲たちは、フェルに倉庫街のそばの酒屋を教えてもらい、訪ねることにした。

　なお、フェルはこれから本格的に飲むそうで、酒場で別れた。

訪れた酒屋にはいくつもの樽や甕が並んでいた。樽熟成を行うには至っていないが、容器として樽は普通に使用されているのだ。並んだ樽や甕には、中身を記した板が載せてある。

それをざっと眺め、予想していた数倍の種類があることに圧倒された美咲は、少し疲れたような表情を見せる。

「さすが酒屋さんだけあって、いろんな種類のお酒があるね。とりあえず何種類か買って、いろいろ試してみようか」

「ですねー。すみませーん！　どなたかいらっしゃいませんかー」

店先で店員を呼ぶ茜。

その声に、がっしりした体格の店員が店の奥から出てきた。

首元には緑の傭兵のペンダントが見えている。

「はいよ。おや、通り名持ちがふたりか。酒かい？」

「はい、先輩が〝青いズボンの魔素使い〟で、私が〝蒼炎使い〟です。店員さんも傭兵なんですね。ええっと、お酒に柑橘類を漬け込んだものと、ウイスキー、ミードを何種類かお願いします」

「甕で買ってくのかい？」

「んー、ウイスキーは小さい瓶で。ほかは甕でお願いします。ミードはどんなのがありますか？」

使えなかった場合はフェルに飲ませればよい、と、茜はウイスキー以外は甕で買うことにした。

「こっちのが発泡だ。で、これが杏の蜜製で、これは香草系の花の蜜。香草の香りがする。ちょっと癖があるから嫌う奴もいるけど俺は好きだな。こっちは途中で果物の果汁を追加したヤツで、酒精が強い。香りはいいけど辛口だな。逆にこっちのだと早いうちに発酵を止めてるから、酒精が弱くて甘い」

「なら、杏のと、香草の、それと甘口のをお願いします」

「おう、毎度あり」

「あー、茜ちゃん、私が買っておく？」

「いえ、ミストの町の中で買えるんですすし、大丈夫ですよー」

店員は茜が注文したものを店内の台の上に並べる。

甕の大きさは、美咲の顔よりも二回りほど大きかった。また、瓶と呼んでいるものは、土器で作った徳利だが、小さめの瓶でも美咲の顔ほどの大きさがあった。

「それで、あとで食堂のほうに運べばいいのかい？」

「収納魔法があるので、持って帰ります」

「おー、さすが〝蒼炎使い〟だ。それじゃお代は全部で、えーと、五千三百ラタグになるよ」

「はーい、大銀貨五枚に銀貨三枚っと」

「毎度ー」

酒を買った翌日から、茜の試行錯誤が開始された。

まず最初は、美咲が呼び出した雑誌のレシピを、この世界で買える材料だけで再現した。

でき上がったものの半分は、エリーでもそのまま美味しく食べられるものだったが、残り半分はかなりビターな味付けだったり、お酒をそのまま振りかけた大人向けのもので、エリーには食べられない、もしくは食べさせられないものだった。

大人向けのビターな味付けのお菓子は、エリーでも食べられるように材料を調整し、お酒を染み込ませるものについては、染み込ませる前段階でアルコールを飛ばすなどして、これもエリー向けに調整した。

エリーが美味しく食べられるものが完成すると、茜は完成したレシピをノートにまとめはじめた。

「アカネおねーちゃん、なにしてるの？」

茜の膝に乗り、ゆらゆらと尻尾を揺らしながらエリーは茜の顔を見上げ、そう尋ねた。

「んー？　ケーキの作り方を書いてるんだー。これがあれば、エリーちゃんが大きくなったときに、自分でケーキ、作れるからねー」

エリーは目を丸くした。

「おー、すごーい」

エリーは茜の膝の上で足と尻尾をパタパタさせる。エリーが膝から落っこちないように茜はペンを置いてエリーを抱きしめる。

「ほら、暴れたら危ないよ」

「ん！」


「アカネー、甘味って作れた？」

そんなある日、フェルがミサキ食堂に顔を出した。

「あ、フェルさん。ちょうどよかったです。お酒をいっぱい使ったケーキがあるんですよ。持っていってもらえませんか？」

「ん？　どゆこと？　もらえるものは喜んでもらっていくけど」

カウンター席に座りながら、フェルはそう答える。

「お酒を使うケーキには、酒精が残ってるものがあるんですけど……まー、味見してみてください」

茜は数種類のケーキを小さく切り分け、皿に載せて、フェルの前に出した。

皿に載ったケーキからは、まず酒の香りが立ち上り、あとからバターの香りが追いかけてくる。

「美味しそうだね……うん、しっとりしてて美味しい。でも、どれも結構お酒が強いね」

「これが酒精が残ってるケーキですけど、置いとくと間違えてエリーちゃんが食べちゃいそーで」

「あー……確かに子供にはちょっと危ないね。酔っちゃうかもだし」

「そーなんです。なのでフェルさんに食べてもらおうと思ってたんですけど、量が多いから丸ごと持っていってもらおうかなって」

茜の言葉に、フェルは目を丸くした。

「いいの？　材料費、結構かかってるでしょ、これ。チョコや砂糖をこれでもかって使ってるよね。大人の味だけど、それってつまり、大人向けなら売れるってことだよ？　ミサキ食堂で出したら売れると思うんだけど」

「気にしないでください。あー、でもお酒の相談とか、また乗ってくださいねー」

「そんなことでよければ、いつでも言ってよ」

茜はケーキが載った皿を何皿も取り出し、フェルの前に並べた。

ケーキが乾燥しないように、皿で蓋をしているため、皿の上に逆さまに皿を載せたようにしか見えないが、お酒とバターの匂いが広がり、そこに確かにケーキがあるのだと教えてくれている。

「それじゃこのケーキ、お皿ごと持っていってください」

「ありがとう。お皿はあとで持ってくるね」

フェルは皿ごとケーキを収納魔法でしまいはじめる。

「あ、フェル、来てたんだ」

二階から下りてきた美咲は、ケーキの載った皿を見てすべて察したようだ。

「フェル、そのケーキは食べすぎると太るだけじゃなく、酔っ払うから気を付けてね」

「ミサキは食べたの？」

「味見だけでやめた。お酒が強すぎて……。うちで食べられたのはマリアさんくらいかな……茜ちゃんがエリーちゃん向けに調整したのは全員美味しく食べられたんだけどね」

「ふうん。それにしても、本当にアカネも甘味作れたんだね。ニホン人て凄いね。それじゃ、これはいただいてくね。あ、アカネ、酒場でみんなに振る舞ってもいい？」

最後の一皿を収納して、フェルは立ち上がった。

「どーぞ。あ、よかったら感想聞いてきてくださいよ。参考にしてもっと美味しくしたいので」


「美咲先輩、色鉛筆って出せますか？　セットのやつ」

ミサキ食堂の営業が終了し、後片付けをしているときに、茜がそう尋ねた。

「色鉛筆？　うん、出せると思うよ」

美咲が試しにと呼んでみると、ケースに入った二十四色の色鉛筆が出てきた。

「おー、あ、あと鉛筆削りのちっちゃいやつって出せます？」

「どうだったかなぁ」

美咲が念じると、小さな鉛筆削りがコロンと掌に落ちてきた。

「よかったー。これ、エリーちゃんにあげてもいーですか？」

「あー、エリーちゃんは喜びそうだけど、色鉛筆はちょっと目立っちゃうかもだね。染料を使ってるし」

美咲が、自分のジーンズの太ももの部分を軽く摘まんで見せると、茜はああ、と頷いた。

「下手なことしたら、エリーちゃんに二つ名が付いちゃいますね」

「まあ、日本の品だって言えば大丈夫だとは思うけど。あと、紙については高品質な藁半紙ってことで大学ノートが受け入れられているから、こっちは平気かな」

美咲はスケッチブックを呼び出して茜に手渡す。

「ありがとーございます。こっちの素材で色鉛筆や画用紙を作れないか、今度工房で相談してみますね……ってなにを？」

両手を前に出したままの美咲に茜が聞くのと、美咲が呼び出しを使ったのはほぼ同時だった。

トートバッグ、スケッチブック数冊、水彩絵具、２Ｂの鉛筆、絵筆数本が次々に現れた。

それらを手早くトートバッグにしまった美咲は、トートバッグごと茜に手渡した。

「水彩絵具はエリーちゃんにはちょっと早いかもだけど、いちおう呼んどいたよ」

「ありがとーございます。美咲先輩も過保護ですねー」

「そ？　選択授業で美術取ってたから、使ってたのを一通り呼んでみただけなんだけどね」

友達と遊んで帰ってきたエリーの前で、茜はスケッチブックに漫画のような絵を描いてみせた。

その絵を見て、エリーは茜の顔を見上げた。

「アカネおねーちゃん、これシッポあるね？」

「エリーちゃんだよー。で、こっちがマリアさんねー」

指差した絵は、漫画を知っていれば、それなりに特徴を捉えた絵といえた。

しかしエリーは首を傾げた。

「おかーさん？　こんなにおめめ、おっきくないよ」

「あー、デフォルメ絵は駄目かー」

「茜ちゃん、最初の絵が漫画風っていうのはどうなの？　貸して」

茜からスケッチブックを受け取り、美咲はサラサラと鉛筆を走らせる。

何カ所か、指で擦って濃淡を付け、スケッチブックをエリーに手渡す。

「おー、アカネおねーちゃんだ！」

「うぐぐ、美咲先輩にこんな特技があるなんて……」

「だから、選択授業は美術だったって言ったでしょ？　この程度ならなんとか描けるよ」

「ミサキおねーちゃん、こんどはおかーさんかいて」

「んー、それより、エリーちゃんも絵を描いてみようよ。んー、最初はこれ」

美咲はリンゴを呼び出し、テーブルに置いた。

エリーには、美咲の呼び出しは収納魔法だと説明している。

色鉛筆を渡すと、エリーは真剣な表情でリンゴの絵を描きはじめる。

「んー、じょうずじょうず……茜ちゃん、どうしたの？」

少し膨れている茜に美咲がそう尋ねると、茜は拗《す》ねたような声を出した。

「むぅ、私がエリーちゃんに教えてあげようと思ってたのに」

「それなら一緒に練習したら？　エリーちゃんのライバル枠ってことで。エリーちゃんも競争相手がいたほうが伸びるだろうし」

「ん？　んん？　それもいーですねー。それじゃ美咲先輩が先生ってことで」

「人物画はマリアさんとフェルにモデルを頼むといいよ。いまさら色鉛筆くらいじゃ驚かないだろうし」

そうと決まれば。と、茜も美咲から絵の道具をもらい、エリーの隣でリンゴの絵を描きはじめるのだった。


エリーのお絵描きは、わずか数日で、子供が描く絵のレベルを超えた。

一緒に描いている茜の描き方を見て、それを柔軟に取り入れており、茜よりも少し下手というレベルに到達していた。

いまではデフォルメという概念もなんとなくではあるが理解している風だったが、まだ写実的な絵を描くことを優先しているエリーだった。

「マリアさん、もしかしたらエリーちゃんは絵の天才かもしれません」

「狐人は狩りの本能がありますからね。獲物を観察して、その特徴を掴むのは人よりうまいかもしれませんね」

人物画のモデルをしながらマリアはそう答えた。

「おかーさん、うごいたら、めっ！」

「はいはい。これでいいのね？」

「ん！」

美咲はエリーと茜の後ろからふたりの描いている絵を確認し、いくつか指摘をする。

エリーは線の引き方にまだ迷いがあり、結果、スケッチブック全面を使って描くような絵では、場所により縮尺が変わってしまっている。全体の輪郭を決めて、上下左右の位置を確認しながら目鼻を描くようにと、具体的なやり方を教えると、それだけでかなりの上達が見られた。

茜のほうは、マリアの特徴を捉えかねていた。人間しかいない世界から来た茜からすると、マリアの耳は、それだけで大きな特徴となるため、そこにばかり注意が向いてしまい、全体を見るとどこかおかしい。美咲が骨格を意識して描くようにと指摘すると、エリーの頭とマリアの頭を見比べ、修正するごとに、不自然さがなくなっていく。

「……肖像画なんて、お貴族様みたいですね。エリー、大丈夫？」

「ん！」

「エリーちゃん、上手ですよ……これは将来、絵描きで食べていけるかもですね」

鉛筆と色鉛筆、鉛筆削りは、茜が懇意にしている木工工房で開発が開始された。

鉛筆の構造はシンプルだ。

木材を削り、中心に炭や黒鉛などをベースにした芯を挟んで貼り付ければそれでいい。

太さは美咲が呼び出した鉛筆を参考にする。太さを規格化しておかないと、穴に差し込むタイプの鉛筆削りが使えなくなるからだ。ナイフで削る仕様にすれば、太さにばらつきがあっても使えるが、工房によって鉛筆の太さが違うのでは使い勝手が悪くなる。

鉛筆の開発は極めて順調だった。

茜のうろ覚えの知識では、黒鉛を粉にして、粘土かなにかで固めたものが鉛筆の芯になる。その記憶はおおむね正しく、乾燥させてから焼くという部分で少し苦労はあったものの、鉛筆の製造は比較的すぐに成功した。日本の鉛筆はさらに熱した油を染み込ませて滑らかな書き味を実現しているが、そこまでしなくても普通に使う分には大きな問題はない。

鉛筆削りは木製の筐体に刃を固定するだけの簡単仕様だ。必要な強度とバランスの調整に時間がかかったものの、それさえ判明すればあとは順調だった。

この世界産の鉛筆と、鉛筆削りは雑貨屋に置かれ、そこそこ売れ線の商品となっていった。

当初、茜は、色鉛筆も黒鉛を染料に置き換えれば作れるだろうと簡単に考えていたが、工房に持ち込んだ色鉛筆を分析したところ、色鉛筆と普通の鉛筆とでは、材料がまったく異なることがわかった。

美咲が呼び出した色鉛筆は油性だった。油性色鉛筆は、顔料を油性のワックスで固めたもので、小学校などで使われる色鉛筆といえば多くの場合はこれを指す。なお水性色鉛筆も存在し、そちらは油性ワックスの代わりに水性のワックスを用いる。普通の色鉛筆のようにも使えるが、水で濡らすと紙に書いた線が溶けて水彩画のような風合いに変化するのだが、美咲は水性の色鉛筆を買ったことがないため呼び出せなかった。

試しに茜が、色鉛筆の芯を砕いて『鑑定』を使って調べたところ、染料や顔料と蝋《ろう》で作られていた。

蝋は普通に存在するが、問題は染料や顔料だ。

これらはどれも高価だし、ものによっては混ぜると化学変化を起こし、おかしな発色をする組み合わせもある。

茜の『鑑定』で、日本産の染料・顔料の名前はわかっても、それがこの世界で知られていない素材であれば、素材を探すところから始めなければならない。

地味で大変な作業だが、茜の依頼を受けた工房主は、喜んでこの仕事を引き受けた。

「鉛筆の便利さはわかった。その色付きだなんて、お貴族様に売り込むにゃ、最高の品じゃないか」

雑貨屋に卸す廉価版の鉛筆は塗装していない生軸《きじく》に焼き印を押しただけの代物だが、色鉛筆では表面を塗装し、金で箔押しを施した豪華版を開発してみたいと工房主は意気込んでいた。

「廉価版をしっかり作ってくれれば、あとは好きにしてくれて構いませんけど。大丈夫ですかー？」

「こんな面白い仕事はなかなかないからな。任せてくれ」

茜は参考として色鉛筆数セットを工房主に渡し、本格的な開発が開始された。

それと並行して、茜は上質紙の開発にも着手した。

この世界の主流は羊皮紙だが、辛うじて藁半紙は存在していた。

面によってはペン先が引っかかり、字を書くのも一苦労のそれを材料から見直し、白くてペン先が引っかからないような紙を作れないか、茜は美咲が呼び出したスケッチブックや大学ノートを分解しては『鑑定』し、これもまたうろ覚えの、木材を材料としたパルプの製造方法と、藁を材料に使わないメリットを製紙工房に伝え、上質紙の開発を依頼した。

「羊皮紙に取って代わるのは難しいと思いますけどねぇ」

とは、製紙工房主の言である。

この世界で紙といえば羊皮紙なのだ。

藁を材料にした藁半紙は、あくまでも羊皮紙を使うのが勿体ないような、使い捨てのメモ書きなどで使われるのが主である。傭兵組合の依頼票ですら、サインをしたものを一定期間保管するという目的から羊皮紙が使われている。

「取って代わるんじゃないんですよー。羊皮紙や藁半紙ではできないことをできるようにするのが目的なんです。私の故郷では、こういうのがあったので、これを再現してほしいんです」

茜はそう言って、工房主に見本として、スケッチブックと大学ノートを手渡した。

「ま、開発費をもらってるんだ、仕事はきっちりやらせてもらうよ」

茜によるこれらの活動の目的は、エリーの絵の才能を世の中に認めさせることにあった。

エリーが色鉛筆で描いた絵は、すでに美咲の描く絵を超えていた。

だが、いまのままでは、特別な紙に、特別な道具を使って描いたから、特別な結果が得られたのだという評価がついて回りかねない。

美咲も、茜も、そんなことはないと確信していたが、この世界の人から見れば、見たことのない綺麗な紙と不思議な道具を使って描いた絵だ。道具のお陰で上手に描けているという評価を下す人がいても無理はないと、ふたりとも理解していた。

だから茜は、この世界の材料で上質紙と色鉛筆を開発し、誰もがそれを手に入れられる環境を作り、エリーの才能が道具に依存しないことを証明しようとしていたのだ。

過保護である。

だが、茜のその活動には美咲も賛同していた。

ふたりの意見は一致していた。

つまり。

「うちの子、天才！」

だった。

当初はいろいろと遠慮していたマリアも、美咲よりも上手に景色を写し取ったエリーの絵を見せられ、エリーの才能に気付かされた。

そんな周囲の思惑をよそに、エリーはさまざまなものを絵にしていった。

人物、静物、風景。

特に喜ばれたのは人物画で、モデルになった人は絵をもらうと、家宝にするとまで言っていた。

肖像画を描いてもらう機会など、貴族でもなければそうそうないのだから、その反応はある意味では当然なのだが、皆、絵の出来のよさにも感動していた。

スケッチブックは美咲が何冊も与えていた。

だから、エリーは、人物画を描いた場合はモデルになった人にページを切り取って渡していた。

エリーは思うがままに絵を描いていた。

広場で友達の絵を描いていたかと思えば、なぜか傭兵組合の建物の絵を描き、北門付近で馬車を引く馬の絵を描く。

エリーは自由奔放に絵を楽しんでいた。

ミサキ食堂閉店後、ドアをノックする音が聞こえた。

「はーい。あ、ビリーさん」

美咲がドアを開けると、そこには商業組合理事会会長のビリーがいた。

「久しぶりですね。エリー嬢はこちらでしょうか？」

「エリーちゃんですか？　今日は外で遊んでると思いますよ」

「そうですか。実はお願いがありまして」

「もしかして、絵ですか？」

「そうです。うちの娘の肖像画を描いてほしいのです」

エリーの絵の腕が知られるようになるのと同時に、絵を依頼する人も増えていた。

エリーは絵が描ければそれで楽しいようで、依頼を断ることは滅多にない。

ただし、美咲と茜、マリアがあらかじめ依頼の内容を確認し、たとえばミストの町から出るような依頼は保護者フィルタでお断りさせていただいている。

「ビリーさんの娘さんってことは、この町にお住まいですよね？　おいくつなんですか？」

「ミスト在住ですよ。今年、十歳です」

「エリーちゃんが帰ったら伝えておきますね。明朝、商業組合にお邪魔すればいいですか？」

「ええ、それで構わないです。組合で合流したら一緒に家に行きましょう。でも、エリー嬢に確認しなくても大丈夫ですか？」

「あー、もしも都合が合わないようなら、今日の夕方までに商業組合のほうに伺いますので」

エリーは遅くとも夕方には帰ってくる。そのときに予定を聞き、不都合があるようなら美咲が商業組合に走れば、商業組合の営業時間内に連絡を間に合わせることは可能なはずだ。

「わかりました。それではよろしくお願いします。費用はどれくらいですか？」

「基本的に無料ですけど、子供が喜ぶような心付けをいただければ」

「ミサキ食堂に住んでいるのでは、ケーキやプリンは食べ飽きているんでしょうね」

「そうですね。でも、飴玉でも喜んで絵を描くと思いますよ。絵を描くのが大好きなので」

美咲とビリーがそんな話をしていると、茜が二階から下りてきた。

「あ、こんにちはー」

「おや、アカネさんもいらっしゃいましたか」

「茜ちゃん。ビリーさん、エリーちゃんに絵をお願いしたいって」

「……え」

茜が固まった。

どうしたのだろう、と美咲がしばらく様子を見ていると再起動する。

「あのー、ビリーさん、絵はどこで描くんでしょーか？」

「それは我が家と考えていますが？」

「あー、できれば商業組合にしませんか？」

「茜ちゃん、どういうこと？」

「……そっか、美咲先輩は知らないんですね。ビリーさんって、ミストの町の代官も兼任してるんですよ。端的に言うと、お貴族様なんです。ビリーさん」

「……え」

今度は美咲が固まった。

ギギギ、と音が出そうな動きで、ビリーのほうを見ると、ビリーは苦笑しながら頷いていた。

「ほら美咲先輩、エリーちゃんって物怖じしない娘だけど、さすがにお貴族様のお屋敷は」

「そうだね。緊張して実力を発揮できないかもしれないし……あ、あと、子供ですから失礼なことしても、問題にしないって言っていただけると……どうでしょうか、ビリーさん」

「……貴族といっても町の管理のための役職のようなものなので気にしないでいただきたいのですが……わかりました。商業組合で描いてもらうことにしましょう。勿論、小さい子供のしたことをいちいち咎めないことも約束しましょう」


帰ってきたエリーは、二つ返事でビリーの娘の肖像画を引き受けた。

美咲の膝によじ登り、尻尾をゆらゆら揺らしながら色鉛筆を取り出し、先が丸くなっているものは鉛筆削りで尖らせる。

一本一本丁寧に確認して、大事そうに色鉛筆のケースにしまっていく。

「エリーちゃん、今日はなにを描いたの？」

「これー」

スケッチブックには、ミストの町の町並みが描かれていた。

この世界の絵は写実的であることを至上とする。エリーの絵はそういう意味では少し違っていた。

確かに写実的ではあるのだが、不自然にならない程度に強調されている部分もあり、写真とは少し違う雰囲気があった。

「あとねー、これもー」

北門から外を眺めた風景画だった。

耕作地の緑と、門から出ずに辛うじて見ることができる位置に放牧された羊や牛の様子が描かれていた。

手前に門と塀が描かれており、小さく切り取られた風景は、そこだけ別世界のようだった。

「上手だね。素材の選び方も面白いし、もう私が教えられることはほとんどないかな」

「エリー、じょうず？」

「うん。たくさん描いたらもっと上手になるね」

「がんばる！」


翌朝、美咲はエリーを伴って商業組合を訪ねた。

誰が付き添うのかについては、マリアは相手がミストの町の代官と聞いて委縮してしまい、茜は上質紙の開発で外せない打ち合わせがあり、と、消去法で美咲に決まった。

そこまでマリアが怖がるのであれば、断るという選択肢もあると美咲は言ったのだが、貴族に逆らうことになるのはもっと怖いからと、マリアはエリーを美咲に託すことにしたのだ。

エリーは、といえば、美咲の手を握ってお散歩気分である。

興味を惹くものがあれば、耳をピンと立て、尻尾をゆらゆらさせながら近付いていこうとする。

それを引き留めながら、美咲は商業組合への道を辿った。

まだ時間は朝の八時前くらいである。日本人の感覚だと事務所への訪問には少し早い時間だと感じるが、この世界の人々は太陽とともに生活する。商業組合はすでに通常営業を開始していた。

「おはようございます。ビリーさんに呼ばれて来ました」

商業組合に着くと、受付のマギーに声をかける。

「おはようございます、ミサキさん。そちらがエリーちゃんですね？」

「エリーです！」

「自己紹介できて偉いですね。会長から話は聞いています。ルーシーさんならもう来ていますよ。こちらへどうぞ」

見慣れないものがたくさんあって好奇心を刺激されるのだろう。

エリーは商業組合のあちらこちらに引っかかりながらも、奥の会議室に到着した。

そこには、金色の髪の、まだ幼さを残した少女が待っていた。

「お待たせしました、ルーシーさん。エリーちゃんが到着しましたよ」

「マギーさん、もしかして、その狐人の娘ですか？」

ミストの町ではほとんど見ることのない獣人を見て、ルーシーは小さく首を傾げる。エリーがそれを真似して、体ごと首を傾げるのを見て、ルーシーは微笑んだ。

「そうです。巷で噂のエリーちゃんです。エリーちゃん、こちらがルーシーさん。可愛く描いてあげてね」

「ひらひらのふく……おひめさま？　うんと、それじゃイスにすわってください」

「もう描きますの？」

「ん」

エリーはトートバッグからスケッチブックと色鉛筆を取り出し、ルーシーの正面の椅子に座った。

それを見て、マギーは会議室から退室した。

エリーはなんの気負いもなく、スケッチブックに色鉛筆を走らせはじめた。

「お話ししながらでも大丈夫かしら？」

「ん」

「エリーさんはどんな絵を描かれるの？」

「んー、いろいろ？　ひととか、たてものとか。みる？」

「ええ。見てみたいですわ。動いても？」

「んー、ちょっとまってて」

ざっとアタリを取りながらエリーはそう答える。

しばらくの間、部屋には絵を描く音だけが響いていた。

「ん。うごいてもだいじょうぶ。こんなのかくの」

エリーはスケッチブックのページをめくって見せた。

「んとねー。これがよーへーくみあいで、こっちがきたもん。これがミサキおねーちゃん」

エリーが見せた絵は、写実的なものばかりではなく、一部を強調したり、少しデフォルメが入ったものもあり、貴族の教養として多少はこの世界の芸術を知っているルーシーには目新しく感じるものが多かった。

「不思議な筆致ですのね。それで、わたくしの絵はどこまでできてますの？」

「ん」

「描きかけだとこうなるのですね。完成が楽しみですわ。それじゃ、椅子に戻りますわね」

「ん」

椅子に座って、姿勢を整えるルーシー。

ルーシーの姿勢がさっきまでと同じであることを確認し、エリーは続きを描きはじめた。

絵を描くのにかかったのは三時間程度だった。ルーシーがモデルをしていたのは一時間ほどで、あとはたまにエリーが服の色などを確認するくらいであった。

今回のエリーの絵は全体は写実的でありながら、目鼻を濃い色で強調し、ドレスはふわりと風をはらむように描かれていて、屋内で描かれた絵であるにもかかわらず、美咲はなんとなく印象派の絵に似ていると感じた。

エリーがスケッチブックから絵を切り離して渡すと、ルーシーは嬉しそうに微笑んだ。

「こんなにすぐにできると思ってなかったですわ。エリーさん、ありがとう。これ、お礼ですわ」

木の箱に入ったクッキーの詰め合わせに、エリーは目を輝かせる。

もらっていいの？　と美咲を見上げてくるので、美咲はひとつ頷いた。

「ルーシーおねーちゃん、ありがとー！」

エリーは満面の笑みを見せると、丁寧に蓋を閉めて、大事そうにトートバッグに箱をしまう。

「エリーさん、それではまた機会がありましたらお願いしますわね」

「はーい！」

美咲はエリーの手を引いて商業組合をあとにした。

「エリーちゃん、どうだった？　楽しかった？」

「うん！　ルーシーおねーちゃん、きれいだから、かくのたのしかったよ」

「そっか。よかったね」


「お帰りなさい、エリーちゃん、美咲先輩。早かったですね」

ミサキ食堂に戻ると、茜が出迎えてくれた。

まだ、本日の営業時間ではないため、店内には茜とマリアしかいなかった。

「あれ？　もう上質紙の打ち合わせは終わったの？」

「はい！　紙は人海戦術で見付かった全部の素材を、いろいろな方法で紙にしてるんですけど、今回はその中間報告ですね。まだ課題はありますけど、もう少しで実用レベルですね」

「そっか、よかったね。あ、マリアさん、エリーちゃんをお返ししますね」

「任せてしまってすみません。エリー、いい子にしてましたか？」

「大人しく絵を描いてましたよ。あ、クッキーをもらってましたから、食べすぎないように注意してくださいね」

「はい、エリー、よかったわね」

「うん！」

「で、これから開店準備なわけね。茜ちゃん、お湯とかよろしくね」

「はーい」

茜が大鍋にお湯を沸かし、マリアは店内を掃除する。

営業時間帯は使っていないテーブル席の椅子は、間違って客が座らないように奥の倉庫に片付けておく。ミサキ食堂には、厨房から入れる位置に食料庫が、フロアから入れる位置には倉庫と客用のトイレなどがあるが、ミサキ食堂は酒場ではないし、店内で長時間くつろいでもらう店でもないからと、それらは普段は閉鎖している。

エリーは、一脚だけ残した隅っこの椅子に座って、みんなの動く様子をスケッチしていた。

そんなエリーを見て、茜は不思議そうな表情でエリーに尋ねた。

「エリーちゃん、今日はお外で遊んでこないの？」

「きょうはおえかきのきぶんなの」

やがて、開店の時間がやってきた。

エリーは、邪魔にならないテーブル席の隅のほうで、まだ絵を描いている。

入ってくる客は一瞬驚いたようにエリーを見るが、最近のエリーはミストの町ではそこそこ有名人なので、噂を聞いたことがなかった客も、周囲の客から事情を聞いて、温かい視線をエリーに送っている。

現在のミサキ食堂のメニューは各種パスタと塩ラーメン、カップスープがメインである。

塩ラーメンは野菜炒めを載せる必要があるが、野菜炒めには味付けは不要である。

美咲が作り置きしたものが、茜のアイテムボックスに大量にしまわれているため、美咲不在でもミサキ食堂は回るようになっていた。

　パスタソースをすべてレトルトにしたのが大きかった。

　誰が作っても味に違いなど出ない。

　基本、茹でるか湯煎するか、お湯で溶くだけで美味しい料理ができ上がっていくという、この世界の住人にとっては異常な景色が厨房で見られるため、美咲が日本人以外を厨房に入れることは躊躇する原因にもなっているが、誰が作っても安定の美味しさが保証されている。

　客の回転も速く、一時間強で三十食を売り終える。

　マリアが看板を引っ込めると、美咲はエリーのスケッチブックを覗き込んだ。

「なに描いてたの？」

「みんなー」

　一枚の絵の中に、いろいろなポーズの人々が描かれていた。

　並んでいる人。座ってパスタを食べている人。座ろうとしている人。店から出ていく人の背中。胴体が透けて、向こうが見えている人もいるが、そうしたありえない構図で描かれた絵は、まるでいまにも動き出しそうだった。

「これ……エリーちゃんが考えて描いたの？」

「ん！」

　満足げな表情でエリーはスケッチブックを掲げた。

「美咲先輩、どうしたんですか？」

「エリーちゃんが、この世界の絵画の歴史に新たな一ページを記した、のかな」

「え？　どれどれ、おー……一枚の絵で動画っぽいというか、なんていうんですかね、こーゆーの」

「将来の美術史家がきっといい名前を付けてくれるよ……本当に天才だね。エリーちゃん」

そんな話をしていると、ふいにノックの音が響いた。

「はーい」

美咲が出ると、見慣れない傭兵が立っていた。

首元のペンダントは青だ。

「ここ、ミサキ食堂かな？」

大半の店舗は閉店時には看板をしまうため、知らない人にはわかりにくい。

美咲は頷いて、店内にしまった看板を指差して見せた。

「ええ、見ての通り、今日はもう閉店しちゃいましたけど……」

「いや、手紙を預かってきたんだ。店主を呼んでもらえないか？」

「えと、私が店主の美咲ですが」

「え？　あ、そうなんだ。ええと、王都の賢者、オガワから手紙を預かっている。問題なければ、こちらにサインをしてほしい」

手渡された手紙には、日本語で『佐藤美咲様』と記されていた。

「間違いないようですね。サインしますね」

傭兵組合の依頼票にサインをして返す。

「ありがとう。君も傭兵なんだね。しかも黄色なんだ」

「まあ、いろいろやってますからね。手紙ありがとうございます」


美咲は自分の部屋に戻って手紙の封を切った。

手紙は傭兵が告げた通り、小川からのものだった。

内容は、アンナの回復魔法の習得状況と、ある迷宮についての情報だった。

「へぇ、アンナ、回復魔法が使えることもあるんだ。ならもう少しで習得なのかな。頑張ってるなぁ。で、迷宮？　ラビリンス？　そういえば、タオル売るときも迷宮産なのかって聞かれたっけ？」

手紙を読み進める美咲の表情が強張った。

手紙の後半にはこう記されていた。

『この世界には複数の迷宮が存在する。なかでも白の迷宮にはさまざまな伝承があるそうだ。

その最下層で己と向き合った者は、あらゆる願いを叶えられるということだ。

その伝承の信憑性はわかっていない。そこで女神様に聞いてみるという方法を思い付いた。

こちらで神殿に赴き、真偽について神託を乞うたが、残念ながら女神様の反応はなかったよ。

僕が知る限り、美咲ちゃんは女神の神託をもっとも多く受け取っている。

可能であれば、次の二点について、女神様に尋ねてみてほしい。

ひとつ。白の迷宮の伝承が事実か否か。

ひとつ。事実なら、その願いの力で日本に帰ることは可能か。

もしも可能であるなら、美咲ちゃんと茜ちゃんは日本に帰りたくはないかい？』

　美咲がこの世界に溶け込んで常識を学ぼうとしていたのも、もともとは日本に帰る手段を探る助けになると思っていたからだ。

　だが、ユフィテリアに帰還は難しいと言われたことで、美咲はその目的を追いかけることを諦めていた。

「あらゆる願いを叶えるなんて、論理的じゃないし、だいたいそんな、どこから湧いて出てきたのかもわからない伝承なんて……」

　伝承が事実で、過去に願いを叶えた者がいるとすれば、いまのこの世界は平和に過ぎるというのが美咲の考えだった。誰か願いを叶えた者がいるとすれば、世界はもっと混沌としているはずだ。

　願いの数が無制限なら、不老不死、無限の富、周囲の者の忠誠と願っていけば、最後には不老不死の王を戴いた無敵の王国が誕生する。

　願いの数に制限があるとしても、数を増やしたいと願えばいい。叶えられる願いの内容に制限があるのであれば、あらゆる願いというのは誤りだ。

　よって、伝承にある願いを叶えてもらった者は存在しない。

　そして、願いを叶えた者がいないのであれば、伝承の存在そのものも怪しくなる。

　叶えた者がいないのなら、いったい誰が、いつ、どうやって、それを知り、なんの目的で伝えたというのか。そう考えた結果、美咲はそれをお伽噺のようなものだろうと推測していた。

「でも、神託がもらえるかどうか、試しに女神像の前に行ってみようかな」

もしも神託が得られれば、諦めていた日本へ帰還する方法がわかるかもしれない。

仮に帰還が叶うのであれば、美咲はいまもまだ日本に帰りたいと思っていた。

女神様の神託が得られるかは不明だが、駄目でもともと、聞くだけ聞いてみよう。美咲はそう決断した。


部屋を出た美咲は茜の部屋のドアをノックしたが、茜は不在だった。

一階に下りると、茜はケーキを焼いていた。

「茜ちゃん、小川さんから手紙が届いたよ」

「おじさんからですか？　どんな内容でした？」

美咲は、手紙の概要について話しながら、手紙を茜に手渡した。

それを聞き、茜の表情は目まぐるしく変わっていった。

「茜ちゃんは日本に帰りたい？」

「そー……ですね。帰りたいような、そーでもないような」

「曖昧だね？」

あれほど日本の味に飢えていた茜である。

帰りたいと答えると思っていた美咲は、茜の予想外の反応に困惑の色を隠せなかった。

「だって、私がこっちに来てもう二年以上ですよ。いまさら帰ったところで、友達はみんな卒業しちゃってるでしょーし……家族には会いたいですけど、不在の二年間をどう説明したらいーんですか？　異世界に落っこちてました、なんて信用してくれるはずないじゃないですか」

　なんの根拠もなく、こちらに来た直後の時間に戻れると思っていた美咲は虚を衝かれた。美咲が過去に読んだＳＦでは、パラレルワールド間の移動では、世界線を移る際に任意の時間と場所を選択できるようなものが多く、そうした作品では自分が消えた次の時点に戻ったりしていたからだ。もしも戻ったときにこちらで過ごしたのと同じだけの時間が日本でも流れていたとしたら、年単位で行方不明だった未成年の帰還となる。控えめに見積もっても考えたくないほど面倒な事態になるだろうことは予想に難くない。

「……そっか。まあ帰れると決まったわけじゃないし、ゆっくり考えるといいよ。そっか……でもそっか、同じだけ時間が流れているなら、戻れたとしても大変そうだね」

「美咲先輩は戻りたいんですか？」

「んー、家族が心配してるだろうから戻りたいって気持ちはあるけど……そっか。そうだよね、戻ってももう学校にも居場所はないんだね」

「私もこっちで身長、ちょっとですけど伸びましたし、なにもなかったことにして戻るっていうのは難しいと思います」

「うん。そうだね。でもとりあえず、女神様にお伺い立てに行ってくるよ」

　冷蔵庫から鶏肉を取り出し、それを包装用の大きな葉で包むと、美咲は茜にそう言って、ミサキ食堂をあとにした。

孤児院を訪ねた美咲は、肉をシスターに渡すと、女神像の前に跪《ひざまず》いて祈りを捧げた。
そしてそのままの姿勢で、白の迷宮について聞きたいことを頭の中で問いかけた。

（女神様、白の迷宮の最下層であらゆる願いが叶えられると聞きました。それは事実でしょうか？　事実だとした場合、日本から来た者が日本に帰ることは叶うのでしょうか？）

そのまましばらく跪いて、これは返事はないかなと美咲が諦めかけた頃、ユフィテリアの、いつもよりもどことなく冷たい感じの声が脳裏に響いた。

（……白の迷宮について。白の迷宮の願いは、この世界に働きかけるものに限定されます。世界を跨《また》いでの願いは聞き届けられません。ただし、帰還の可能性はゼロではありません。願いの力でこの世界から出ることならばできます。あとは自身の力で自分の世界に辿り着くことができれば、もとの世界への帰還は叶うでしょう。ですが、それはとても難しいこと。分の悪い賭けとなります。この世界で安寧を得る道はありませんか？）

（……ありがとうございます。まずは皆と相談してみます）

神託は得られた。
だが、それは期待していたものではなかった。
美咲はシスターに挨拶をして、孤児院をあとにした。

（んー、自力で自分の世界に戻る？　多世界解釈が正しければ、世界なんてそれこそ無数にあって、これだけ異なる世界だと、元の世界とも遠いだろうし……自力で世界を渡って戻るなんて無理だよ

ねぇ……はぁ）

美咲がそうやってフラフラと歩いていると、広場でエリーがフェルの絵を描いているのに遭遇した。

「エリーちゃん、広場に来てたんだ」

「ん！　フェルおねーちゃん、かわいいからすきー」

「おー、フェル、褒められてるよ」

「エリーちゃんも可愛いから好きだよー」

「んー……ミサキおねーちゃん、フェルおねーちゃんのうしろにたって」

美咲はエリーの指示に従ってフェルの後ろに移動した。

「ここでいい？」

「ん。いっしょにかくの」

「あ、描いてくれるんだ。ポーズはどうする？」

「かっこいいの」

格好いいのと言われて一瞬固まった美咲だったが、後ろからフェルの肩に手を置いて顔を覗かせた。

「じゃ、エリーちゃん、このポーズでいい？」

「んー。ん、かくの」

エリーと一緒にミサキ食堂に戻ると、茜が生地をこねていた。

チョコレート色と白、二色の生地を見て、美咲は茜が作っているものがなにかを理解した。

「茜ちゃん、今度はクッキー？　アイスボックスクッキーかな？」

アイスボックスクッキーは生地をこねて細長くしてから冷凍庫で冷やして固め、それを包丁で切って焼くというクッキーの製法のひとつである。生地を固めて扱いやすくするため、初心者でも失敗しにくい。

「そーですよー。あ、エリーちゃん、ケーキも焼いてあるからねー」

「おー」

「美咲先輩、エリーちゃんと手を洗ったら、ケーキ切ってもらっていいですか？　いまちょっと手がこれなので」

生地をこねてバターでベタベタの手を見せる茜。

美咲は頷くと、エリーを連れて洗面所に移動した。

「エリーちゃん、うがいして手を洗ったらケーキにしようか」

「ん！　アカネおねーちゃんのケーキたのしみなの」

ミサキ食堂内の衛生観念は美咲と茜が持ち込んだ知識が基準となっているため、日本の一般家庭に匹敵する。ばい菌がなにかは理解されていないようだが、見えない汚れが付いているという考え方はエリーにもマリアにも受け入れられていた。

美咲はエリーに石鹸で丁寧に手洗いをさせてから、口をゆすがせ、最後にうがいをさせる。

「それじゃ茜ちゃんのケーキ食べよっか」

「うん！」

食堂に戻った美咲は、茜の作ったケーキを切り分け、テーブルに置く。茜が甘さ控えめに挑戦したケーキは砂糖を減らし、蜂蜜と豆類の粉を使って自然な甘さを出し、生地の間にホイップクリームを挟み、クリームには酒に漬けた果物を小さく刻んで少しだけ混ぜている。生地にもアルコールを飛ばした甘みが残るミードを染み込ませており、砂糖を減らすことにより生じるパサつきを感じにくくしている。

椅子によじ登ったエリーは、両足と尻尾をパタパタさせながらフォークを握って目を輝かせた。

「はい、どうぞ」

「なにケーキ？」

「茜ちゃん、今日のはなんのケーキかって」

「フルーツのショートケーキだよー、ケーキの間にいろいろ挟まってるからねー」

「おー！　かんしゃをー！」

フォーク片手にエリーがケーキに挑みかかる。

「んー！　ほいひぃ！」

エリーの尻尾の振りが激しくなる。

耳がピンと立って、ケーキに集中している。

「……それで美咲先輩。どうでしたかー？」

なにげないように聞いてはいるが、茜の目は真剣だった。

「ん？　ああ、聞けたよ。帰れる可能性はあるけど、かなり難しいみたいだね」

「聞けたんですか？　凄いですね。でも、そーですかー。なにがなんでも帰りたいわけじゃないけど、改めて言われるとちょっとショックですねー」

「そだね。詳しい話はあとでするよ」

　エリーがケーキを食べ終わると、美咲はその口周りをハンカチで丁寧に拭いた。普通の食事のときは問題ないのだが、ことケーキとなると、エリーは手のかかる子供になる。

「はい、綺麗になったよ」

「ありがとー。アカネおねーちゃん、おいしかった」

「ん、よかった。明日はクッキーにするからね」

「おー！」

　オーブンの天板の上にクッキーの生地を並べながら茜がそう言うと、エリーは目を輝かせた。

「もうできたんだ。早いね」

「アイスボックスクッキーは昔からそれなりに作ってましたからねー。これでクッキングシートとかあると便利なんですけど」

「そしたらエリーちゃん向けレシピじゃなくなっちゃうじゃない。諦めて天板に油塗りなよ」

「ですよねー」

「でも茜ちゃん、お菓子以外は作らないの？」

普通の料理のレシピ本もあるのだが、茜はデザート一直線である。

美咲に呼び出してもらったバレンタイン特集、クリスマス特集の雑誌は擦り切れるほどに読み込んでいるが、おかずの載ったレシピ本は見向きもされていない。

「子供向けのがあれば考えますけどねー」

「あんまり甘いのばっかりだと、虫歯になったり、太ったりしちゃうから気を付けてあげてね」

流しで手を洗いながら茜は困ったような表情を見せた。

「でも太らないレシピなんて知らないんですよねー」

美咲の呼び出した雑誌に載っていたのは、基本的に砂糖やバターを大量に使用するものばかりである。

甘さ控えめもあるにはあるが、妙にビターだったり、お酒の味が強いものだったりで、エリーの口に合わないのだ。

「あまいのすきだよ?」

尻尾をゆらゆら揺らしながらエリーが口を挟んでくる。

「知ってるよ。エリーちゃんは甘いの大好きだよねぇ」

エリーを膝の上に抱きかかえながら美咲がそう言うと、エリーはバタバタと暴れはじめる。

「おいしーはせーぎなの！」

「どこで覚えてきたの？　あ、本体は甘さ控えめにして、ジャムとかで味付けするようなものにしたら？　スコーンとか。まあカロリーは高いけど」

うりうりとエリーの頭に頬ずりしながら美咲は思い付いたメニューを口にする。

「あー、そういうのもありですね。美咲先輩、寒天とか出せませんか？」

「えーと、どうだろう。寒天、寒天」

美咲の目の前に寒天が出てきた。

それを器用にキャッチするエリー。

「おー！　しゅーのーまほーすごいねー」

「出てきたけど、寒天ってこっちの世界にあるのかな？」

「あー、そっか、下手したらこっちで再現できないレシピになっちゃいますねー」

いつかエリーが自分で同じメニューを再現したいと思ったときに困らないように、茜はケーキの材料を、値段はともかくこちらの世界で入手可能なものに限定してレシピを調整している。

そして、この世界では寒天や、それを用いた料理を見た記憶がないことに気付き、茜は肩を落とした。

「原料はあると思うんだけどね」

コティアまでの旅路で見た森の植生は日本の東北付近のそれとよく似ていた。

地上の植生が類似するのであれば、海中の植生が似ている可能性も多少はあるだろうと美咲は考えていた。

「でも寒天の形で入手できないんじゃ、将来エリーちゃん、困りますよねー」

「そうだね。いっそ、商業組合あたりに寒天を渡して、海藻から作ったものらしいから、同じものを作ってほしいって依頼する？」

「それもありですねー」


おやつを食べたエリーが再び外に飛び出していく。

友達と高鬼をするそうだ。

お絵描き一辺倒ではなく、外で友達と遊ぶようになってくれてよかったと、美咲たちは胸を撫で下ろした。

「さて、それじゃ茜ちゃん、ちょっと待ってね」

美咲は紙と鉛筆を取り出すと、神託の内容を日本語で書き記しはじめた。一度聞いただけの言葉なのに、それは美咲の脳裏に焼き付いていた。

『白の迷宮について。

白の迷宮の願いは、この世界に働きかけるものに限定されます。

世界を跨いでの願いは聞き届けられません。

ただし、帰還の可能性はゼロではありません。

願いの力でこの世界から出ることならばできます。

あとは自身の力で自分の世界に辿り着くことができれば、もとの世界への帰還は叶うでしょう。

ですが、それはとても難しいこと。分の悪い賭けとなります。

この世界で安寧を得る道はありませんか？』

「……ん。小川さんにはこれを送ろうと思ってるんだ。神託の内容だよ」

茜は美咲がそれを書くのをじっと見詰めていたが、美咲に手渡されてもう一度じっくりと読み直した。

「えーと……へぇ、この世界の中に限ればどんな願いも叶いそうですね。もしかして、死んだ人も生き返るのかな？　でも戻るのはほぼ絶望的と、うん、いっそ諦めがついてよかったです」

「やっぱり、絶望的だと思う？」

「女神様が止めるくらいですからねー」

量子力学の多世界解釈では、すべての解に対応した世界があるという。たとえばコインを投げれば、表になる世界と裏になる世界が生まれることになるのだ。世界を大きな流れと仮定した場合、その流れは時間の流れとともに分岐を繰り返していく。

そんな、文字通り無数にあるだろう世界線を跨いで、たったひとつの世界に帰るということの難しさをなんとなくではあるが茜も理解していた。

この世界は、もとの世界の世界線から遠く離れている、と美咲は想定していた。

この世界から離れ、もとの世界に戻るためには、どれだけの世界線を通過しなければならないのかがまずわからない。

また、そもそも人間である美咲たちに、意識して世界線を渡るということが可能なのかも不明だ。

仮に自由に世界線を渡れたとして、もとの世界線を見付けることが可能なのかも不明である。なにしろ分母はほぼ無限だし、美咲たちが離れたあとも世界線は増え続けているのだとすれば、戻るべき世界線が増殖して、どこに戻ればよいのかわからなくなっている可能性すらある。

「難易度、高そうだよね、やっぱり」

「ほぼ無理だと思います。でも白の迷宮にはちょっと興味湧いてきました」

「なんでまた？　叶えたい願いでもあるの？」

「新しい能力を追加してもらいたいですね。地球にあったものを、こちらの世界の素材と技術で作り出せる方法を見付ける能力、とか、どーですか？」

「随分、限定的だね？」

「たとえばさっきの寒天とかも、こっちの世界で作れるようになるわけですよ。そうやって少しずつでも技術を進歩させていけば、最後には飛行機くらい作れるようになるかもしれませんよ」

「不老不死とかは願わないの？」

「んー、病気知らずの頑強な体、とかには興味ありますけど、不老不死は人間の手に余りそうじゃないですか」

　ＳＦ好きな美咲からすると、不老不死は手垢のついたテーマである。

　不老不死をめぐって不幸になる話も多いが、長命種が短命種を導いて、文明を発展させていくようなストーリーもある。美咲にとって不老不死は、人生に飽きるという一点を除けば、不幸に直結するものではなかった。そして仮に人生に飽きるほど生きても、未知の世界が残っていれば不老不死は新たな冒険へのチケットとなる。

　ファンタジー好きな茜からすると、永遠を望んだ人間がアンデッドになってしまうような話はテンプレだし、エルフと人間の恋のように寿命が異なる人種が接触すると、長期的な観点では不幸が発生するのも定番である。そこに本当の愛情があればあるほど、寿命の違いは悲しみを呼ぶものなのだ。

「手に余るかな？　まあ、ひとりだけ長命種ってのも寂しいか……と、小川さんと広瀬さんになにか伝言ない？」

「特にない……あ、ひとつありました。マリアさんとエリーちゃんがいるから、今度来るときはミサキ食堂には泊まれませんよって伝えておかないと」

「あー、なるほど。いまは空き部屋ひとつしかないから、ふたりが同時に来ると足りないね」

　小川への手紙をしたためた美咲が傭兵組合に向かうと、シェリーが受付窓口で出迎えてくれた。

「ミサキさん、今日はどうされましたか？」

「うん。依頼を出しに来たんだ。王都のリバーシ屋敷の小川さんか、広瀬さんにこの手紙を届けてほしいんだけど」

「受注条件なしで王都まで手紙の配達ですね？　承りました。ところで、先日、酒場でフェルさんからお酒がたっぷりのお菓子を分けていただいたんですが、あれって指名依頼を出したら作ってもらえたりしませんか？」

　茜がアルコール度数が高いままのケーキをフェルに渡していたのを思い出し、美咲は苦笑した。

「あれって、茜ちゃんが作ったんだよね。しかも失敗作だから、同じのは作らないと思うけど」

「え？　あんなに美味しいのに失敗作ですか？　勿体ない」

「子供に食べさせるためのお菓子だからね。酒精が強すぎるのはちょっと駄目なんだ。もしも同じような失敗作ができたら、こっちにも配るように茜ちゃんには伝えておくってことでいいかな？」

「はい！　是非お願いします！　勿論、きちんと材料代とか諸々お支払いしますので、アカネさんにはよろしくと」


美咲からの手紙を読んだ小川は、椅子の背もたれに体重を預けた。

「帰還の可能性はゼロではないと言いつつも、実質ゼロ、ですか」

神託の内容を読み解いた結果、小川は美咲と同じ結論に到達した。

「そもそも並行世界って考えたら、似た世界が山ほどあっても不思議じゃないわけだから、僕ら四人が同じ世界から来ているという保証もないし、そうなるとさらに帰還の可能性は低くなるのかな？　僕は構わないけど、茜ちゃんと美咲ちゃんは帰してあげたかったな」

小川は手紙を机の上に置き、天井を向いて目頭を揉んだ。

と、ノックの音が響いた。

「はい、どうぞ」

小川が答えると、扉を開けてアンナが入ってきた。

「オガワ先生、レポートができた」

「ああ、アンナ君か。どうだい？　仕上がりのほうは」

「自分で理解している範囲は網羅したつもり。過不足を確認してもらいたい」

小川は、この世界の人間が、怪我が回復する仕組みについてどのように理解していくのかを知る手がかりにするために、定期的にアンナにレポートを書いてもらっていた。

そのレポートから、陥りやすい誤解や、常識の違いに由来する認識の差の傾向も見えてきていた。

「わかった。しばらく預かるよ。それで、練習のほうはどうだい？」

小川にレポートを手渡しながら、アンナは少し暗い表情を見せた。

「まだムラがある。治ったり、治らなかったり」

アンナの治癒魔法の訓練は順調とは言い難い状態だった。

治癒魔法が発動することもあるが、まったくの不発となるケースもある。

そのブレが、なにによるのかはまだ不明だった。

「発動することもあるのだから、基本となるイメージは問題ないと思うんだよね。そうするとまだ知識不足があって、それが回復魔法のイメージを壊しているのかもしれないね」

「知識不足ならすべて失敗するのでは？」

「アンナ君はまだ勉強中だからね。イメージになにか雑念のようなものが入り混じって失敗することがあっても不思議ではないよ」

「……なるほど。精進する」

二章　青の迷宮

その日の午後、いつものようにミサキ食堂にフェルがやってきた。

「フェル、プリン？」

美咲の問いかけにひとまず頷いたフェルは、カウンター席に腰を下ろした。

「それもあるけどね。ミサキに相談があるんだ」

よじよじと、隣の席によじ登ってきたエリーを抱き上げて膝に乗せ、その柔らかな髪を撫でつつ、フェルは真剣な面持ちでそう言った。

フェルとエリー、ふたり分のプリンを皿に載せて美咲が戻ってくると、フェルはエリーを隣の椅子の上に戻す。

「相談？　珍しいね。私で役に立てること？」

「んー、とりあえずプリン食べてから話すね。感謝を」

「かんしゃをー」

フェルとエリーがプリンを食べはじめるのを見ながら、美咲はプリンが入っていた容器を手早く洗う。

エリーはプリンを食べ終わると、そのまま外に遊びに行った。

「さて、それで私に相談ってなに？」

「うん。今度、迷宮探索に行こうと思ってるんだけど、メンバーに入らない？」

「迷宮？　白の迷宮？」

「白はさすがに無理だよ。青の迷宮。黄色に上がったときから、一度は迷宮に潜ってみたいなって思ってたんだ」

　エトワクタル王国のある大地――まだ大陸というものがほかに発見されていないため、単に大地と呼ばれているが、その大地ではいくつかの迷宮の存在が知られていた。

　迷宮には傭兵のペンダントのように、下から紫、青、緑、黄色、赤と虹の色が割り振られており、難易度もそれぞれ、ペンダントの色に合致する程度とされている。加えて、訓練を積んだ軍隊が必要になるレベルの迷宮には、白、黒が割り当てられており、白の迷宮といえば、軍の精鋭部隊でなければ対処できないほど強い魔物が出てくる迷宮とされている。

　そんな迷宮の色の説明をしたフェルは、青の迷宮に潜り、アーティファクトを探してみたいと美咲に告げた。

　フェルの傭兵のペンダントの色は、美咲と同じ黄色である。

　しかしフェルが黄色に昇格できたのは、美咲の魔素のラインに頼ったところが大きい。町近辺での魔物退治と、たまに農耕地帯の警備をする程度では、青で足踏みをするのが普通なのだ。黄色の傭兵に相応しい実力を身に付けるには、新しいなにかに挑戦する必要があるとフェルは考えていた。

「フェルの考えはわかったけど……迷宮について教えてもらえないかな。その、種類じゃなく、どこにあるとか、どういう場所だとか」

「白の迷宮は知ってるんだよね？」

「名前だけね」

つい先日、その関連で小川から連絡をもらったばかりである。

「そっか、ミサキだもんね」

「その納得のされ方はちょっと引っかかるものがあるんだけど」

フェルは青の迷宮が王都北西にあること、迷宮には地表よりも多く魔物が棲んでいること、入り口付近は文字通り迷路になっていること、迷宮の中にはなぜかアーティファクトと呼ばれる宝が出現することがあるなどを丁寧に説明した。

迷路を探検し、魔物と戦い、どこかに眠る宝を探す、というフェルの説明を聞き、美咲は人間に都合がよすぎると感じた。

「ねぇフェル、その迷宮って誰かが管理しているの？　そうでなければ、なんでアーティファクトはいつまでもなくならないの？」

「迷宮を作ったのも管理しているのも女神様だって話だよ。あと、アーティファクトはパーティ単位で、階層ごとに一回しか出てこないとか聞くけど」

この世界には女神は実在し、それを疑う者はいない。そのため、女神が決めたとか、女神がやったとかいうと、それこそが完全無欠の疑う余地のない答えになってしまう。

この世界に科学的な考え方が根付いていないのはそこに遠因があった。リンゴが木から落ちるのも、お湯から湯気が立ち上るのも、春になると種が芽吹くのも、季節が巡るのも、「すべては女神様が斯《か》くあれかしとお決めになった」で終わってしまうのだ。だから美咲は、女神様がやっているという答えが出た時点で、それ以上追及しても無駄だと判断した。

「そっか、女神様がやってるなら仕方ないね……で、迷宮に行くのは誰と誰なの？　私とフェルだけってことはないよね？」

「前衛がベルとキャシー。できればアンナも加えてパーティを作りたいかな。でもアンナについては未定。王都で勉強中だからね」

「えーと、フェル、ベルさん、キャシーさんに私、あと、アンナ？　私たち以外、みんな緑だったと思うけど、大丈夫なの？」

「迷宮の中は魔素が濃いから魔法使いには有利だと聞くし、もともと、青の迷宮は、青の傭兵なら挑戦して生きて帰ってこられる難易度らしいから大丈夫だと思うよ」

「ふーん……でもなんで私なの？」

「ミサキのアブソリュート・ゼロに期待しているんだよ。あれがあれば、たいていの魔物は凍り付くからね。それに普通の魔法も射程が長いし、魔素のラインも使えるし」

「インフェルノじゃないんだ？」

「うん。なんか、迷宮の中では火魔法はできるだけ使うなって話があるんだ」

なんでだろうね？　と、フェルは首を傾げたが、美咲は、坑道など狭い場所で火を使う危険性を経験則として知ってる者がいたのだろうと考えた。

「それで、行くとしたら、いつからいつまで？」

「準備もあるし、来月かな。期間は一カ月程度。アカネもマリアさんもいるから食堂は大丈夫だよね？」

「あー、うん。ちょっと考えさせてもらえる？」

「勿論。でもできればよい返事を期待してるね」


翌日、美咲は食堂の調理をすべて茜に任せてみた。

「美咲先輩、いちおう問題なさそうですよ？」

「こちらも問題はありません」

「うん、大丈夫そうだね」

事情を聞いた茜とマリアは、美咲不在でも問題なくミサキ食堂を回せる手応えを感じ、美咲もそれに太鼓判を押した。食材は、魔素の循環の際に呼び出したものが、茜のアイテムボックスにも十分に入っているし、ミサキ食堂の食料庫にもかなりの量が保存されている。

迷宮探索参加を決断するのに必要となるのは、あとは美咲の覚悟だけとなった。

「あの、ミサキさん。私も以前、青の迷宮に潜ったことがありますけど、パーティの連携ができていて、ひとりでも魔法使いがいれば、比較的安全ですよ」

「あ、マリアさん、迷宮探索の経験者だったんですね。迷宮の中ってどんな感じですか？」

「青の迷宮だと、第一階層は本当に迷路ですね。迷路は探索され尽くしてて、迷路の地図が迷宮の入り口付近で売ってますけど。迷路を抜けると下り階段があって、階段を下りると屋内なのに空が見える草原っぽい階層、そこを抜けると山みたいな階層です。その先は行ったことがないのでわかりませんけど」

「迷宮の中なのに空が見えるってことは、天井がないんですか？」

それなら迷路の階層は、壁の上を歩いていけばよいのでは、と、美咲が尋ねると、マリアは首を横に振った。

「第一階層の迷路は洞窟の中みたいな感じで天井があるので、壁の上には登れないんです。あと、第二階層から下は屋内なのに空があるんです。雨が降ることもありましたけど、偽物の空だって話ですよ」

話を聞いていた茜が目を輝かせる。

「おー、なんか行ってみたいですねー」

「茜ちゃんが私の代わりに行く？」

「声かけられたのは美咲先輩じゃないですか。私はお呼びじゃないですよ」

「んー、話を聞く限り、私も役に立つかどうか怪しいんだけど……あ、マリアさん、どんな装備があるといいか、教えてもらえますか？」

「はい……とはいっても、私も踏破したわけじゃないので参考程度ですけど、戦える格好に加えて、食料、マント、光の魔道具、水の魔道具、火の魔道具あたりですね。中で雨が降ることもあるので全員で共用できる天幕ができればふたつと、あと食料はできるだけ……って、ミサキさんならいらないかな？」

「え？　いま、なにを言いかけたんですか？」

「大したことじゃないですよ。収納魔法が使えない人は、食料はできるだけ乾燥したものを持っていかないと、荷物になるんです。乾燥していないものは重いし、嵩張りますから、私たちのときは食料を運ぶので苦労しましたね……ミサキさんはむしろ武器を考えたほうがいいかもしれませんね。レイピアは持たないんですか？」

相変わらず、美咲の武器はマン・ゴーシュ一本だけだった。最近は左手で抜けるように装備しているが、わかっている人が見たらおかしいという状態は継続していた。

「正直、武器を使う自信がないんですよね」

「なら、盾を持つのも手ですよ。小さな盾をひとつ腕に固定しておけば、魔法を使うまでの一瞬を凌げるかもしれませんし」

「なるほど」

近接では盾とマン・ゴーシュで防御して相手を撥ねのけ、魔法で中・遠距離攻撃をするということか、と、美咲は納得した。

「美咲先輩、飛び道具はどうですか？」

「無理。当たるわけないし、弓で狙ってる暇があったら魔法を使ったほうが早いよ」

「んー、クロスボウとかあるといいんですけどねー」

「だから弓なんて使えないってば」

美咲の言葉に、茜はそれは違いますと首を横に振る。

「なに言ってるんですか、美咲先輩。弓とクロスボウは別物なんですよ」

「そうなの？　どっちも弦で矢を飛ばすんだよね？」

「クロスボウの矢はボルトとか言うらしいですけどね……まだ、このあたりでは開発されていないみたいだから、ないものねだりですけど、あれは弓よりも扱いが簡単で、少ない訓練で使えるようになるそうですから」

茜の知識はライトノベルからのものだったが、クロスボウに関してはあながち間違いではなかった。普通の弓は、まず引けるようになることと、矢を前に放てるようになるまでが一苦労だが、クロスボウは弦を引く際の物理的な大変さこそあれ、ボルトを放つのはとても簡単だ。弦さえ引けるのなら、あとは方向を合わせて水平に構えれば、クロスボウを向けた方向に真っ直ぐに矢が飛ぶ。

もしもクロスボウがあるのなら、弦を引いた状態のものを大量に収納魔法にしまっておけば、美咲ひとりで三段撃ちが可能となる。時間経過のない美咲の収納魔法であれば、弦を引いたまましまっておいても問題ない、というのが茜の考えた運用だった。

「でも魔物相手だと、魔剣か魔法じゃないと効果ないよね？」

「あー、そうでした。さすがにボルトを魔銀や魔鉄で作るのは……美咲先輩ならいけますか？」

「ちょっと異常すぎるよね」

暗に、呼び出しを使えば貴重な魔銀製のボルトを使い捨てられるのでは、と提案する茜に、それは目立つから駄目だと首を横に振る美咲だった。

翌日、美咲はマリアを伴い、防具屋を訪れ、壁に飾られた盾を眺めていた。

鎧と違い、剣や盾は標準的な大きさのものが店頭に並べられている。

背の低い美咲が持てる大きさの盾となると限られてくるが、それでも、いくつか使えそうなサイズが並んでいた。

「ねえ、マリアさん、どういうのがいいと思います？」

「そうですね。ミサキさんのメインは魔法だし、腕に装着できる木製の盾がいいと思います。大きさは肘から指の先より少し大きい程度でしょうね……慣れるまでは結構邪魔に感じると思いますけど」

「木製がいいんですか？」

「一番いいのは、高いですけど魔物の革製とかですかね」

「鉄製じゃないんだ」

「ずっと鉄の錘《おもり》を腕に着けて歩き回れる体力があるなら別ですけど、女性に鉄の盾はあまりお薦めしませんね。せいぜい、持ち手や枠の部分の補強に使う程度までです」

マリアは説明しながら、該当する盾を指差して回った。

美咲はマリアのあとをついて回りながら、区別がつかずに混乱していた。

「木より鉄のほうが丈夫なのはわかりますけど、革製のほうがもっと強いんですか？」

「魔物の革製の盾は魔素の影響を遮りますし、持ち主が魔素を通すと強くなるものもありますから、対魔物には一番向いていますし、重さも軽いですから予算に余裕があるならお薦めですね。弱点は魔物と同じで、魔剣で斬られることでしょうか」

「革の盾って、木の板に革を張り付けたものだと思ってた」

「そういうのもありますけどね……あ、これは珍しい出物ですよ」

マリアは店の主人に断って、白い盾を壁から外して美咲に手渡した。

「これが魔物素材で作られた盾ですね。これはリクガメの甲羅と白狼の毛皮を使ってますね」

白っぽい石のようなそれは、見た目に反し、とても軽かった。裏面には、衝撃を吸収するため、白狼の毛皮が使われている。また、盾の周囲も美咲には見慣れない革で補強されている。

「わ、ほんとに軽い。白狼の毛皮は……ああ、内側に使われてるんだ。へぇ。これでいくらくらい？」

「七万五千ラタグです。随分と大きな甲羅から削り出してますね」

「あー、あれかぁ……」

その盾は美咲とフェルが倒した陸棲《りくせい》の亀の魔物の成れの果てだった。

あるいは白狼の毛皮すらも美咲たちが倒したものかもしれなかった。

「これは掘り出し物ですよ。普通はこの値段じゃ出回りません。大物でも出たんですかね？」

「うん。大きかったかな……腕に装着ってどうやるの？」

「この部分に腕を通して……そう、それで、こっちを握るんですよ」

「へぇ。思っていたよりしっかり固定できるんだね」

しばらく盾を着けたまま腕を振り回していた美咲は、店主に、この盾が欲しい旨を伝え、金貨七枚と大銀貨五枚を支払った。

「薦めておいてなんですけど、即決で買うとは思ってませんでした」

「んー、一目ぼれ？　気に入っちゃったからね」

「それで、迷宮に潜る覚悟はできたんですか？」

「うん。いつか白の迷宮に潜りたいって思うかもしれないし、練習にはちょうどいいでしょ？」

「白の？　最高難易度ですよ」

「うん、知ってる」

なんだかんだ言いつつも、日本への帰還を完全には諦めきれていない美咲であった。

夕刻、ミサキ食堂にふたりの来客があった。

いや、正確には、ふたりの来客と、ふたりの従者、それに複数の護衛というべきだろう。

「アカネ、来たわよ」

「アカネ、久しぶりだね」

「ケンちゃん、リズちゃん、どうしたの？」

ケント王子とエリザベス王女であった。

ふたりはミサキ食堂の前に馬車を停め、ミサキ食堂の普段は使われていないテーブル席に座り、茜と向き合った。ふたりの後ろには執事然のトニーと、近衛のギルが立っている。ほかの護衛は店内には入らず、玄関を守っている。

なお、マリアとエリーは、ミサキ食堂の前に馬車が停まるのと同時に、美咲に「王族が来た」と言われて二階に退避している。

美咲は紅茶を淹れるため、厨房でお湯を沸かしながら茜たちの会話に耳を傾けていた。

「アカネが色鉛筆という名の絵の道具を作ったと聞いたのよ」

「アカネ、色鉛筆の説明をしてもらえるかな」

「あー、もう王都まで噂が流れてるんだ。てゆーか、そんなことなら、私を王都に呼べばいいのに、わざわざ来たの？」

茜がそう答えると、ケントとエリザベスは顔を見合わせ、頷いた。

「アカネ、絶対、ほかになにか隠しているわよね」

「アカネのことだから、ほかにもなにかあるはず」

「あー……」

開発中の紙のことや、色鉛筆は一部の色が未完成であること、最近、スイーツ作りに凝っており、この世界のものだけで作れるレシピが溜まってきていること、などは隠し事に含まれるのだろうか、と茜は天井を見上げた。

「まあ、とりあえず色鉛筆ね」

茜はアイテムボックスから、この世界産の色鉛筆と鉛筆削りを取り出し、ふたりに手渡した。

次いで、雑貨屋で販売している大学ノートを取り出して、これも手渡す。

「その棒が色鉛筆。色鉛筆を、こっちの鉛筆削りの穴に差して回転させると、色の付いた芯が見えてくるから、芯が尖ってきたらそこで削るのをやめて。それで、色鉛筆でノートに絵を描くんだけど」

「絵画の勉強はしたことがある……色は全部で何色あるの？」

「絵なら先生に褒められたことがあるわ。木炭で描くのと同じ要領ね？」

ケントとエリザベスは大学ノートに色鉛筆を走らせる。

どちらも茜を見ながら描いている。

ざっとアタリを付けたところで描いた絵を茜に見せてくる。

「アカネ、こんな感じ」

「アカネ、可愛く描けたわ」

ふたりの絵は、初めて色鉛筆を使ったにしては上手だった。

だが、エリーの絵を見慣れてしまった茜からするとまだまだだった。

「あーうん。上手だと思うよ。初めてにしては、うん、上手だね」

そう褒めつつも、物足りなさが言葉の端々に滲み出てしまっていた。

「むう、アカネも描いて」

「アカネ、もっと上手に描けるの？」

「私は大したの描けないよ。えっとねー」

茜はスケッチブックをアイテムボックスから取り出すと、ふたりに見せた。

そこにはエリーが描いた茜の絵が描かれていた。

「上手じゃない」

「アカネ、絵の才能あったんだね」

「違う違う、これを描いたのはエリーっていう子供。この子の才能を伸ばしたくて色鉛筆を開発したんだよねー」

茜の言葉に、エリザベスは改めて絵を見直した。

「確かにうまいわね……紹介してもらえるかしら？」

「会ってみたいね」

「パトロンになりたい？　でも会ったらびっくりすると思うよー。不敬は問わないって約束したら会わせるけど」

「私は約束するわ」

「不敬は問わないと誓うよ」

ふたりの答えを聞き、茜は美咲に声をかけた。

「美咲先輩、エリーちゃん、連れてきてもらえます？」

「あー、茜ちゃん、エリーちゃんにはまだ早いと思うけど」

「コネ作りですよ。王族とのコネなんて、そうそう作れないんだから、いい機会じゃないですか」

「んー……まあ、不敬は問わないって条件で、顔合わせだけならいいのかな？」

美咲は二階に上がり、マリアとエリーを連れて下りてきた。美咲に言われ、マリアはエリーが描き溜めたスケッチブックを持ってきている。王子と王女がいると聞き、マリアは緊張して固くなっているが、エリーはわかっていないのか、大物なのか、いつもと同じ調子でニコニコしている。

「エリーちゃん、おいでー」

茜がフォークに刺したケーキを掲げると、尻尾をゆらゆらと振りながら近付いていく。

「この娘がエリー？」

「随分と幼いね」

茜の差し出したケーキにパクリと食いついたエリーは、ケントとエリザベスの視線に怯えたのか、茜の座っている椅子の後ろに隠れた。

「これがさっきの絵を描いたエリーちゃん。エリーちゃん、怖がらなくて大丈夫だよ。いい人たちだから」

「……ん」

「エリー、あなたがこの絵を描いたの？」

茜を描いた絵をエリザベスが差し出すと、エリーはこくんと頷いた。

「マリアさん、スケッチブックをこちらに持ってきてもらえますかー」

「ひあ、は、はひ」

「マリアさん、貸してください」

緊張のあまり、ガチガチのマリアからスケッチブックを受け取った美咲は、スケッチブックを開いてテーブルに載せた。

「へぇ、人物画以外も大したものですね……なるほど。普通に上手な絵を描けるのに、あえて崩して一部を強調して描いているのね？」

「見たことのない技法が使われてるね、これは面白い」

　この世界には景色を写し取るアーティファクトこそ存在するが、写真を紙にプリントする技術はまだなく、だからこそ、芸術は写実的なものほど優れていると評価される傾向があった。そういう観点では、エリーの描いた絵は少々前衛的に見えるはずだが、多くの芸術作品に触れてきたふたりは、そこに高い芸術性を見出した。

　ふたりはページをめくっては新しい絵を見て驚いている。

　美咲が教えたのは遠近法や影の表現の仕方といった基礎だけである。

　エリーの絵の技法や、風景の切り取り方は、エリー自身が発見したものだった。

「どう？　この子、天才だと思うんだよねー」

　茜の言葉に、エリザベスとケントはスケッチブックから顔を上げて頷いた。

「エリー、将来、パトロンが欲しくなったら、このエリザベスを頼ってくるといいわ」

「エリー、ケントでもいいからね」

「エリーちゃん、大きくなって絵描きさんになりたかったら、頼っていいって」

「ん？　うん。でもエリーはよーへーになるんだよ？」

「そっかー。まあ、覚えておくといーよ」

翌朝、美咲は鎧や盾などの傭兵の装備一式を身にまとい、広場へと向かった。

広場では、フェルが魔道具を並べ、座っていた。

「おはよう、フェル」

「ミサキ、おはよう……盾が増えてるね？」

一日で美咲の変化に気付いたフェルは、立ち上がり、美咲の周囲を回りながらほかにも変化がないかを眺めて回った。

「うん。迷宮経験者のマリアさんに迷宮の話を聞いて、盾があったほうがいいって言われたんだ」

「へぇ、ってことは、ミサキ、迷宮に一緒に潜ってくれる気になったの？」

「そのつもりだよ。フェルから見てどう？　なにか足りない装備とかない？」

「どれどれ？」

フェルはしゃがみ込んで美咲のブーツに触れた。

「あ、意外としっかりしてるんだ。これなら脛《すね》当《あ》てはなくても大丈夫かな。右手に盾って、相変わらず逆に着けるのが好きだね。でも左手はマン・ゴーシュを抜くから、そうなると盾は右手になるのか。両手で防御っていうのも、まああありと言えばありかな。あ、その黒い革鎧は当たりだったね、ヘルムもしっかりしてるし……主武装はないけど、ま、美咲は魔法使いだから、これも正解か」

「どうせ武器があっても使いこなせないだろうからね。それなら一撃を耐えて魔法で反撃かなって」

「接近戦になると、魔法の効果はかなり低減しちゃうから、攻撃を盾で受けたら、思い切って後ろに跳んで、魔法で攻撃とかがいいと思うけどね。そうだね、防御優先ならこの装備もいいと思うよ」

一通り確認したフェルは、しばらく腕組みをして考え込んだ。

「んー、基本の装備はよさそうだね。この上にマントを羽織れば雨や寒さの対策もできるし、雨でなければ夜はそのまま眠れそうだね」

「パーティに迷宮経験者はいるの？」

「ん？　いないよ。みんな興味はあるんだけど機会がなくてね。ミストの町からだと、どの迷宮も距離があるからね」

「なら今日の午後、ミサキ食堂が終わったあとで、みんなを集めてマリアさんにお話を聞いてみない？　マリアさんには私から頼んでおくから」

「あ、経験者の話を聞けるならお願いしたいな。ベルとキャシーには私から伝えておくよ」


美咲はフェルと別れたあと、傭兵組合に足を運んだ。

朝の混雑する時間帯は過ぎており、すぐにシェリーを捕まえることができた。

「ミサキさん、おはようございます。そんな装備で、今日はどうかしましたか？」

「ん。今度、迷宮に潜ることにしたからその報告に来たんだ。時期は未定。期間は一カ月前後」

「えーと……期間がざっくり決まっているってことは、町に帰ってくるんですよね？」

「うん、食堂もあるしね。帰ってくるよ。それで、長期間町を離れるから指名依頼の予定があるなら聞いておきたくてね」

「……そうですか。ご連絡ありがとうございます。いま、組合長は会議中なので伝えておきますね」

「会議？　なにかあったの？」

「商業組合との定期的なものです。事件が起きたわけじゃありませんよ」


美咲は食堂に戻ると、マリアに今日の午後、一緒に迷宮に潜るパーティのメンバーがやってくるので話を聞かせてほしいと頼んだ。

「わかりました。とはいっても、私も何回か潜った経験があるってだけですけどね」

「みんな、一回も潜ったことがないから、経験者に話を聞いておきたいんですよ」

「そういうことなら、なにかお話のネタになりそうなものがないか、考えておきますね」

「お願いします」

美咲たちがそんな話をしていると、エリーがやってきてマリアの足に抱き着く。

「エリーちゃん、どうしたの？」

「あのね、エリーもおっきくなったらめーきゅーいくの」

「じゃあ、エリーちゃんも一緒にお話を聞こうか」

「うん！」

すると、厨房から茜の声が聞こえてきた。

「美咲先輩、準備できましたよー。開店してくださーい」

午後、ミサキ食堂の閉店作業が終わった頃にフェルたちがやってきた。

「ミサキー、来たよー」

「お邪魔しまーす」

「失礼します」

三人をテーブル席に案内すると、美咲は茜に声をかけた。

「茜ちゃん、お茶をお願い」

「はーい！」

木のカップに人数分の紅茶を注ぎ、茜がカウンター越しに美咲にお盆を渡す。

美咲は、カップをテーブルに並べると、自分も椅子を引っ張り出して話を聞く体勢になった。

「それじゃマリアさん、お願いします……あれ？　エリーちゃんは？」

「お友達が迎えに来て遊びに行きました。それじゃ、なにからお話をしましょうか」

「あの、質問いいっすか？」

真っ先にベルが手を挙げた。

「はい。どうぞ」

「俺はベルです。迷宮では夜はどうやって過ごすんすか？」

「魔物が入れない安全地帯がありますから、そこで見張りを立てて交替で寝ます」

「えっと、安全地帯でも見張りが必要なんすか？」

「安全地帯っていっても、そんなに広くはありませんからね。朝起きたら、境界線の向こうが魔物だらけになっていたら身動きが取れなくなりますよ」

「そうっすか。ありがとうございます」

「そうですね。まず迷宮の一日の過ごし方についてお話をしましょう」

マリアは、迷宮での過ごし方について説明を始めた。

朝、起床後はまず手持ちの各種魔道具に魔素を充填する。一日の探索が終わったときに魔素に余裕を残し、寝る前に充填するのが最も効率のよい魔素の使い方に思えるが、そのように都合よく事が運ぶとは限らないので要注意である。最悪の場合、魔素が切れた魔道具と魔法使いを抱えて野営をする羽目になるかもしれない、とマリアは強調した。また、食事はしっかりと食べる。食べられるときにしっかり食べておかないと、空きっ腹を抱えて魔物と戦う羽目になる。

基本的に探索では、人工物と安全地帯を探す。アーティファクトは箱に入っていることが多いが、建造物の中に隠されていることもあるとのこと。人工物を見付けたら、持ち帰れるようなものがないかをしっかりと調べ、なにかを発見したら速やかに確保すること。アーティファクトをひとつ見付ければ、探索は成功と見なしていい。欲張らずに持ち帰ることを優先すべきである。

白の迷宮以外であれば、赤い石で囲まれたエリアが安全地帯だ。

魔物はそこに入れないし、魔物が使った魔法攻撃も安全地帯の中には届かない。しかし、投石などの物理攻撃は通ってしまうため、完全に気を抜くことはできない。安全地帯の中から外への攻撃は、物理も魔法も通るので、敵が少ないうちに魔法で倒してしまうのがよいだろう。

迷宮の中は、洞窟や草原、山岳など、さまざまな地形が現れる。空があるようにも見えるが、実際には天井が存在しているそうだ。これについてはマリアの経験ではなく、ほかのパーティからの伝聞情報であるが、過去、強弓の持ち主が空にしか見えない天井に矢を当てたことがあるらしい。

外の時間と連動するように空の明るさが変化するので、暗くなる前に安全地帯を発見するのが探索の最優先事項となる。

迷宮内の天候は晴れが多いが、曇天だったり、降雨、降雪があったりする場合もある。そのため、パーティ共用の装備として天幕があるのが望ましい。夜は安全地帯で休むことになる。天候、気候によっては天幕が必須となることもある。

たいていの魔物は灯りを嫌うので灯りの魔道具は点けっぱなしで問題ない。

迷宮内の魔物は死ぬと魔石を残して消えてしまうが、稀に毛皮などを残すこともある。迷宮の探索では、それらも重要な収入となるので拾い忘れのないように。

「だいたい、こんなところですね。なにか質問はありますか？」

「はい、よろしいでしょうか？」

キャシーが手を挙げた。

「どうぞ……ええと」

「わたくしはキャシーです。あの、迷宮内でほかのパーティと出会った場合はどうしたらよいでしょうか？」

「会うことはないはずです……一回の開門で同時に入った人は同一パーティと見なされ、迷宮内で一緒に行動することになりますが、別のタイミングの開門で入ったパーティとは出会うことはありません。いちおう、出会った場合は不干渉が基本ルールと聞いてますけど」

「開門、ですか？」

「白と黒の迷宮以外は、迷宮の入り口には大きな門があって、ゆっくり四十数えるほどの時間で開閉を繰り返します。パーティで入るときは、門が開いている間にパーティ全員が入る必要があります。あまり大勢で迷宮内を荒らされないための仕組みだといわれていますね」

「……さすが、女神様がお創りになられた迷宮といいますか……不思議な仕組みですわね」

「不思議といえば、迷宮の町には全部の階層の地図が売られていますが、第二階層から下は、地形図しかありません。なぜかというと、第一階層の階段の位置などは全パーティ共通なのですが、第二階層から下になると、階段、安全地帯、アーティファクトなどの位置は、パーティごとに変化するからです。だから初めての階層では、周囲の地形と地図を照らし合わせて、現在位置を確認する必要があるんです」

　マリアの言葉に、あまり地図を読むのが得意ではないキャシーは溜息をつくのだった。


　マリアの講習が終わり、フェルたちが帰ったあと、シェリーがミサキ食堂を訪ねてきた。

「あれ？　シェリーさん、なにか？」

「はい、午前中のお話の件です。指名依頼についてお話があるので、できればこのあと、傭兵組合に来ていただけないでしょうか？」

「うん、それはいいけど、私だけ？　それともフェルや茜ちゃんも？」

「ミサキさんとフェルさんです。フェルさんには先ほど、声をかけてきました」

美咲はシェリーの言葉に頷き、茜に一声かけてからシェリーとともに傭兵組合に向かった。

道すがらシェリーに話を聞くと、美咲たちが迷宮に向かう前に、確認されている魔物の群れの退治を進めておきたいというゴードンの意向だという。

「なるほどねー。そんなことなら別にいつものことだし、構わないかな」

傭兵組合の会議室に通されると、すでにゴードンとフェルが揃っていた。

「よく来てくれた。それでは今回の指名依頼の趣旨についてだが」

ゴードンは美咲が席に座るのを待って、そう切り出した。

依頼内容は、シェリーから聞き出したものとほぼ同じだった。

存在が確認されてはいたが、街道などから離れた位置にいるため、経過観察とされていた魔物を、美咲たちがいる間に倒してしまいたい、ということだ。

「それで、どれくらいの数なんですか？」

美咲の問いに、ゴードンは、机の上の資料を確認しはじめた。

即座に返事がなかったことに若干の不安を感じつつ、美咲は返事を待った。

「最後に確認した時点では十六頭だな」

「結構多いですね」

思わず、美咲はそう言った。白狼や地竜の比ではないが、それ以外の魔物退治は一、二頭だったことを考えると異例の多さだった。

「もともと群れる魔物なんだ。魔物としては極めて珍しい半水棲といわれている魔物で、例の虎のゴーレムがいた湖からミストの町の北側に流れてきている川沿いに棲息している。ここしばらく、ほとんど動きがなかったから経過観察としていたんだ」

「それ、放置しても害はないように思うんだけど」

　フェルが呟く。

　その呟きを拾い、ゴードンは答えた。

「そう思っての経過観察だったが、ゆっくりだが数が増えてるからな。そろそろ倒して憂いをなくしておきたいんだ」

「数が多いけど、どういう戦術でいくの？」

「半水棲と言ったが、奴らは水には入らない。だが生息域は常に川辺で、水辺から離れるのを嫌う魔物だから、遠距離から魔法を撃ち込んでもらう。全滅が理想だが、半数撃破でも十分だ」

「だってさ、ミサキ、どうする？」

「水辺から離れるのを嫌う魔物なら、いざというときに逃げるのも簡単そうだし……うん、フェルさえよければ受けてもいいと思うよ」

「そうか、受けてくれるか」

　喜ぶゴードンを前にして、美咲は少し考え込んだ。

「ミサキ、どうかした？」

怪訝そうな表情でフェルが問いかける。

「んー、いい機会かなって思って……あの、組合長、条件付けてもいいですか？」

「条件によるが、どんなのだ？」

美咲は、この仕事を、迷宮探索のパーティメンバーである、ベル、キャシーとともに受けてみたいと告げた。

もちろんベルたちの予定もあるため、この場ですぐには決められないが、合同での小規模な依頼達成という経験は迷宮でも役に立つはずだ。

美咲がそう言うと、ゴードンは右の掌で頭部をぴしゃりと叩いた。

「なるほど。そういうことなら、人手は必要だから問題はないぞ」

「人手が必要になるんですか？」

「魔物の数が多いからな。倒したあとの魔石と毛皮の採取、死体の処分の仕事がある」

「……ねぇ、フェル、毛皮の採取ってベルさんたちできるかな？」

「大丈夫だよ。できない傭兵のほうが珍しいよ」

フェルはそう言って苦笑した。


美咲が食堂の前に戻ると、ちょうどエリーが帰ってきたところだった。

「エリーちゃん、今日はなにして遊んだの？」

「おにごっこ！」

狐人だからか、エリーは体を動かす遊びが得意だった。

最近では仲のよい友達が増え、絵を描いていないときは外で走り回っていた。

「鬼ごっこかぁ。ほーら捕まえたー！」

「きゃー！」

美咲はエリーを捕まえて抱っこすると食堂のドアを開けて中に入った。

「お帰りなさーい。どうでした？　傭兵組合」

茜が厨房から声をかけてくる。

「うん。またいつもの指名依頼。エリーちゃんも帰ってきたよ」

美咲がそう言うと、カウンター越しに茜が顔を覗かせた。

「エリーちゃんお帰りー、うがいと手洗いしておいでー」

「はーい、ミサキおねーちゃん、おろしてー」

「はいはい。それで茜ちゃんはなににしているの？」

美咲が厨房に入ると、ジャガイモと玉ねぎ、人参を煮込むような匂いが漂っていた。

「今日の夕食の準備ですよー」

「手伝おうか？」

「あ、シチューなんで大丈夫ですよー。あとは煮込むだけなんで」

「主食は？」

「今日はこっちのパンですねー。焼き立てのを買ってきました」

「んー、じゃあ茹で野菜のサラダでも作ろうか？」

「あ、冷蔵庫に入ってますよ」

美咲が冷蔵庫を開けると、人参と葉物野菜、キャベツを茹でたサラダが鎮座していた。この世界では、野菜を生で食べる習慣はあまりない。サラダといえば普通は火を通したものになる。

これは食わず嫌いではなく、経験的に生野菜は危険だが、茹でれば安全になると知っているからである。美咲が呼び出した日本製の野菜を生で食べる分には寄生虫や細菌の心配はないのだが、エリーたちがいるため、非常識になりそうな食べ方は避けるようにしている美咲たちだった。

「ドレッシングは？」

「日本製にしようかと。サウザンドアイランド、エリーちゃん好きみたいなので」

「うんうん、茜ちゃんも成長したね」

「まだ美咲先輩の域には達してませんけどねー」

「そりゃ私は自宅の家事を一手に引き受けていたんだから、そう簡単に追いつかれたらショックだよ。それじゃ着替えてくるね」

「はーい」

* * *

翌日、魔物駆除のメンバーと日程が決まった。

メンバーは美咲の希望通り、迷宮探索のパーティメンバーを含んだものとなっている。

出発は三日後となった。

その連絡を受けた美咲は、対象の魔物についての詳細情報を聞いていないことに思い至り、フェルに話を聞きに行った。

「というわけで、フェルは対象の魔物についてなにか知ってる？」

「うん、いちおう知ってるよ。名前は川ネズミっていうんだけど、子牛くらいの大きさでね、川べりに棲息している魔物なんだ。走るとそこそこ速いけど、なぜか川から離れるのを嫌うから、魔法で狙い撃ちしていけばすぐに片付くと思うよ」

川に棲むネズミと聞いて、美咲はカピバラという、日本では風呂好きと言われることが多い大型齧歯類を連想していたが、大きさが子牛くらいということで、サイズを数倍に補正した。

「毛皮が売れるんだっけ？」

「そだね。マントなんかに使われるよ。毛が詰まっているから撥水性能が高いんだ。高級品だよ」

「魔石と毛皮が売れるってことは、どこを狙えばいいのかな？」

「頭だね。普通の炎槍なら魔石は燃え尽きないから」

「そうすると、射程いっぱいから、白狼を倒せる程度の魔素のラインかな？」

「それでいいと思うよ」

川ネズミの倒し方を相談しながら、美咲は疑問を口にした。

「でも、川から離れるのを嫌う魔物なら、倒す必要ないよね？」

「組合長が言ってたでしょ。数が増えてきたから、そろそろ憂いをなくしたいって」

「確かにそんなこと言ってたけど」

「魔物って、数が増えると習性が変わったりするからね。数が増えてるってことなら、倒せるうちに倒しておくのは間違いじゃないと思うよ」

「そうなんだ」

「魔物あふれって、そういうことだよ」

たとえば白狼にしても、通常は森の中で狩りをする。

群れからはぐれた個体が馬車を襲うことがあるが、せいぜいその程度だ。

何事もなければ、白狼は滅多なことでは町を襲ったりはしない。

しかし、個体数が一定を超えると、それまでの習性からは考えられないような行動を取るようになる。

それが魔物あふれと呼ばれる事象である。

魔物により、そのラインは異なるが、二十から三十が基準といわれている。

川ネズミが魔物あふれを起こすのか、起こしたとしてどういう行動を取るのかは不明だが、いまのうちに数を減らして憂いをなくしておきたいというゴードンの言葉は、そこから来ていた。

その話を聞いた美咲は、トノサマバッタに似たバッタが大量発生して過密状態におかれると、翅《はね》が長く、後ろ足は短く、体の色が緑色から黒っぽく変化した子供が生まれるようになる相変異《そうへんい》という現象を思い出した。そうやって数世代を重ねて孤独相から移動相へと変化したバッタの大群が飛《ひ》蝗《こう》となり、蝗害《こうがい》を引き起こすというのは地球でも知られていた。なお日本ではイナゴだといわれることもあるが、蝗害を引き起こすバッタは、トノサマバッタなどに近いバッタ類であることが多い。

（なるほど、魔物あふれって、蝗害みたいなものなのかも。それはさておき）

「とりあえず、全滅させていいんだよね？」

「そうだね。魔物は全滅させたと思っても、どこからか湧いて出てくるからね」


「おはよー、ミサキさん」

魔物駆除当日、ベルがポニーテールを揺らしながらやってきた。

「あ、ベルさん」

「俺のことはベルでいいよ」

「それじゃ、ベル、おはよう。なら私も美咲で」

「うん、お揃いだね」

ベルはそう言って美咲のポニーテールを指でつついた。

ベルのほうが若干短めだが、同じポニーテールである。ヘアゴムなどはないので、ベルはポニーテールを飾り紐《リボン》で結んでいる。

「ポニーテールってリボンだけだと動くと緩むよね？　ベルはどうやってるの？」

「普段は糸で結んで、その上からリボンかな。今日はヘルム被るからすぐに解けるようにリボンだけで結んでるけど……それにしてもまだ俺だけなの？　フェルはともかく、キャシーはもう来てると思ってたんだけど」

「あ、ふたりとも来てるよ。馬車のあたりにいると思うけど？」

「えーと、ああ、ホントだ。フェルー！　キャシー！」

ベルはふたりの名を呼びながら馬車に近付いていった。

美咲も準備は終わっているのでベルのあとを追って馬車に向かう。

今日の皆の装備は革鎧だ。

ベルは片手に円盾を装備し、腰には短めの片手剣をぶら下げている。

キャシーも似たような装備だが、剣がベルの剣より倍近く長かった。

フェルはといえば、盾はなし、ベルの剣と同じサイズの片手剣のみを装備していた。

「フェルは盾持たないんだね？」

不思議そうに美咲が問いかけると、フェルは左手を持ち上げてみせた。

「左手の籠手が複合素材になってるからね」

「複合素材？」

見た目は籠手だが、言われてみると右手の籠手よりも左手の籠手のほうが少しだけごつい。

「そうそう、革と鎖と魔物素材。ちょっとした攻撃ならこれで弾けるんだよ。盾みたいなものだね。盾より軽いから、敵の攻撃に合わせやすいし」

籠手で魔物の攻撃をどのように捌《さば》くのかと美咲が首を傾げると、

「それを使いこなせる人は、そうはいないと思いますわ」

キャシーが呆れたような口調でそう言った。

軽い籠手だから素早く攻撃を受け止められるというのは、言い方を変えれば、攻撃に対して小さな籠手を使って的確に反応できるということだし、そのためには敵の攻撃を見切る動体視力に、的確に反応するための反射神経、攻撃を見極める知識が必要となる。加えて、手首で傾きを調整できる盾と比べ、籠手では肘から先全体を動かさなければならず、きちんと使いこなすためには一定以上の熟練を要する。だから普通の人は盾を使うのだ。そんなキャシーの言葉を聞き、美咲は納得した。


これはフェルがどこかズレているのだろう、と。

「それでフェル、これで全員なのか？」

ベルに聞かれたフェルは、首を横に振った。

「まだだよ。いちおう偵察兼護衛が付くことになっているから。そっちは偵察と魔物の誘因と、あとはミサキの護衛を主目的にするらしいけど」

「さすが、この町の最大火力だな。魔物駆除の仕事に護衛まで付くのか。ちょっと異常だな」

「おかしいのは主にミサキだから」

「あーなるほど」

「そうですわね」

ベルとキャシーが頷くのを、釈然としない思いで聞くしかない美咲だった。


偵察兼護衛は、騎乗したマックとジェガンだった。

「ミサキか、久しぶりだな」

「あ、マックさん、よろしくお願いします。ジェガンさんもお久しぶりです」

「ああ、元気だったか？」

「はい」

そのほか、新顔が数名増員されていたが、それぞれの紹介などはなく、マックから、

「黒い鎧着たちっこいのと、エルフの娘、このふたりは絶対に守ること」

という指示が出された。

それを聞き、フェルは美咲のヘルムの上から頭をポンポンと叩いて慰めた。

「ま、実際、ミサキは背が低いからね。可愛くていいじゃない」

「そうは言っても、もうちょっと背が欲しいよ……もういいや。それよりフェル、その左手の見せて。これで敵の攻撃を弾くの？　いままでそんなことしてたっけ？」

「ん？　はい、どうぞ。これは接近戦専用のだから、籠城するときなんかは使ってなかったね。モグラとか、虎のゴーレムのときはこれ着けてたけど」

籠手を着けたままの左手を美咲の前に出してくるフェル。

美咲はその左手をじっくりと観察するが、普通の革鎧の籠手よりも少し厚めで、少しゴツゴツし

ている以外の違いを見付けることはできなかった。

「普通の革鎧の籠手に見えるね」

「そういう風に作ってもらったからね。でも実際は籠手の形をした盾だから」

「これで、敵の攻撃を弾いたりするわけ？」

「そ、受け流す感じでね。ほら、私って魔素を感じられるじゃない？　だから接近戦で魔物の攻撃の筋とかがある程度わかるんだ」

「あー、なるほど」

　やはりフェルが特殊だったか、と、美咲は納得した。

「それでは出発するぞ。ミサキ、フェル、馬車に乗れ」

「はーい」


　美咲たちが乗った馬車は、川沿いの小径をマックたちの先導のもと、ゆっくりと進んでいた。

　やがて、マックが停止の指示を出す。

　前方に小さな森があり、道はその手前で途絶えているのだ。川縁には灌木が茂り、半ば湿地帯となった川原には、背の高い茅のような植物が群生している。そして、その茅の生えている付近に川ネズミが巣を作っているのだという。

　馬車が停止し、逃げやすいようにUターンすると、ベルとキャシーは馬車を降り、マックたちと合流して川原のほうに近付いていく。

馬車に残った美咲とフェルは、灌木と茅の向こう側にいるであろう川ネズミの様子を窺ったが、見える範囲には動くものはなにも見えなかった。

「ベルたち、大丈夫かな？」

美咲の問いに、フェルは肩を竦めてみせた。

「川ネズミ相手で、任務が敵の足止め程度なら問題ないと思うよ」

そんなことを話していると、マックが近付いてきた。

「ミサキとフェルは、いまキャシーたちがいるあたりまで前進。川ネズミが射程内に入ったら即時殲滅。少しでもヤバいと思ったら遠慮なく馬車に駆け戻ってくれ。それと、今回は前衛が多いから誤射には気を付けてくれよ」

「ミサキの魔素のラインは正確だから大丈夫だと思うよ」

「そうか、だが今回のように前衛を置く戦い方には慣れていないだろう。十分に気を付けてくれ」

「はい」

騎馬の偵察兼護衛が二手に分かれる。

マックが率いる隊が川ネズミの誘引を行い、ジェガンが率いるもう一隊が美咲たちと馬車の護衛として残る。

ベルとキャシーは美咲たちから二十メートルほど前方に陣取る。そのあたりで接近してきた川ネズミの足止めを行うのだ。

マックの率いる隊が、川ネズミの縄張りに侵入し、警戒して出てきた川ネズミを怒らせて誘引してくる。

川ネズミは、水辺に棲む大きな魔物である。

主な棲息地は水辺の湿地帯の上で、茅のような長い草で巣を作り、水辺の草を食べ、時折どうやってか、川に入らずに川の魚を捕まえて食べる。

その外見は美咲の予想に近く、大きささえ気にしなければカピバラを彷彿とさせるものだった。

ただし、カピバラは基本的には草食なので、雑食の川ネズミとは食性が異なる。

九頭の川ネズミは、マックたちが剣で盾を叩くなどして物音を立てるのを聞きつけて川原の巣からノソノソと出てきたものの、そこで動きを止め、川原の巣のほうを振り返ったりしている。

「攻撃を頼む！」

マックが絶妙な距離で川ネズミを刺激しつつ、美咲たちに声をかけた。

「ミサキ、来たよ。ちょっと多いね」

「うん……それじゃ行くよ、魔素のライン！」

「……炎槍！」

一番近い位置にいた川ネズミの顔面に炎槍が突き刺さる。

それで攻撃をされていると認識したのか、川ネズミたちの挙動が警戒から迎撃に切り替わる。鈍重な見た目からは想像できないほどの速度で美咲たちに向かって走り出す。

「次、行くよ。魔素のライン」

「……炎槍！」

距離が離れているため、川ネズミたちの動きは直線的になりがちで、美咲たちは自分に向かってくる相手に向け、立て続けに魔法を放つ。

ふたりの魔法を受け、次々に川ネズミが動きを止めていく。

仲間が屠《ほふ》られていることで冷静さを失ったか、川ネズミの速度がさらに速くなるが、直後、その足下に、魔法が突き刺さる。

それまでは横から手を出すことで、川ネズミの動きが不規則になることを恐れ、攻撃を控えていたベルとキャシーの炎槍である。

足下の地面が弾けることを嫌った川ネズミの勢いが僅かに落ちる。

「魔素のライン！　残り四頭！」

「……炎槍！　前衛が接敵する。急いで」

「魔素の……ライン！」

「……炎槍！」

残り二頭となったところで、川ネズミはベルとキャシーの位置に辿り着いた。

ベルはその鼻先に剣を突き付け、川ネズミの足止めをする。

キャシーは盾で川ネズミの顔を殴り付け、剣で毛の薄い足下を狙って斬り付けた。

「フェルどうしよう。乱戦になったら狙えないよ！」

「大丈夫、数が同じならベルとキャシーは負けないよ」

川ネズミはベルの動きに翻弄され、鼻先を斬られて悲鳴を上げて後退った。

そこに剣を突き込み、川ネズミが大きく仰け反った隙を逃さず、ベルは炎槍を川ネズミの鼻先に直撃させる。

川ネズミはしばらくピクピクと悶えていたが、すぐに動きを止めた。

警戒しながらそれを見ていたベルは、とどめとばかりにもう一発炎槍を顔に直撃させると剣を鞘に納めた。

キャシーは川ネズミの足を切り裂き、速度を奪ってから顔面に斬りかかった。

川ネズミは悲鳴を上げて逃げようとするが、またしてもその足をキャシーの剣が切り裂いた。

さらに動きが鈍った川ネズミの足を氷槍で貫き、完全に機動力を奪ってから、キャシーは川ネズミの頭に向かって氷槍を叩き込み、意識を失った川ネズミの喉を剣で掻き切った。

「ふたりとも凄い！」

美咲が手を振ると、ベルとキャシーも手を振り返してきた。

「川ネズミは数が少なければ怖い魔物じゃないからね。ミサキの魔素のラインもいい感じだったよ」

「フェルの炎槍も安定してたね」

すぐにマックが美咲たちのそばにやってくる。

「川ネズミ、半数撃破だ。いちおう最低限のノルマは達成したが、まだやれるか？」

「えーと、私はまだやれます。フェルは？」

「大丈夫だけど、その前に毛皮を剥いでおいたほうがいいんじゃない？　せっかく、いい状態で倒したんだから」

「いや、毛皮を剥いだら血の匂いを嗅ぎつけてほかの魔物が出てこないとも限らない。残りを倒してからにしよう」


　残りの川ネズミは初回よりも順調に倒すことができた。

　川ネズミの全滅を確認したあと、美咲とフェルは護衛に守られた馬車に乗せられ、残ったメンバーが魔石取りと毛皮の剥ぎ取りを行った。

　毛皮を剥いだ川ネズミの死体は穴を掘って埋めるというので、一カ所にまとめ、美咲がインフェルノで焼き尽くした。


「ミサキの魔法、便利だよね。普通は魔物の餌にならないように大きな穴掘って埋めるんだよ」

　帰りの馬車の中、ベルが感心したように言った。

「あれだけの数を埋めるんじゃ、時間がかかりそうだね」

「俺たちだけだったら半日仕事かな。だから助かったよ」

「インフェルノ、でしたっけ？　わたくしたちも覚えられるのでしょうか？」

　キャシーが小さく首を傾げ、美咲に問いかける。

「んー、王都ではインフェルノなら何人か使えるようになったっていう話だから、練習次第だと思うけど?」

「けどキャシー、迷宮で使うって考えたら、氷の魔法のほうがいいんじゃないか?」

「ベルの言うことも確かですけど、氷の魔法はイメージが難しいと思いますわ。インフェルノは炎の色が青いっていうわかりやすい特徴がありますけど」

「そっか、氷の魔法は俺たちの氷槍と見た目は同じなんだっけ。ミサキ、どういうイメージなんだ?」

問われて美咲は固まった。

アブソリュート・ゼロは熱振動と呼ばれる原子の振動を極力減らし、絶対零度を作り出すものだ。

王都でも、まだ日本人以外に使い手がいないのは、そのイメージをうまく伝えることができずにいるからだった。

「んー、ゴメン。言葉で説明するのは難しいや。あらゆる物質が凍る温度の氷っていうイメージなんだけどね」

「キャシー、わかる? 俺はギブアップ」

「わかりませんわ」

傭兵組合に川ネズミの毛皮と魔石を届けた一行は、既定の報酬と、持ち込んだ素材の代金を受け取り解散した。

時刻はもう夕刻である。

美咲は広場にエリーがいないことを確認してからミサキ食堂に帰ってきた。

食堂では今日も茜が夕食を作っていた。

「ただいま」

「あ、美咲先輩、お帰りなさい。魔物駆除、どうでしたかー？」

「うん、順調だったよ。マリアさんは？」

「エリーちゃんの勉強見てますねー」

「ああ、読み書き算数を教えるって言ってたっけ、それのこと？」

「だと思いますよ。なんか字はほとんど覚えてるらしいんですけど、引き算が苦手らしくて」

茜と話していると、二階からマリアとエリーが下りてきた。

エリーはパタパタと走ると、茜の腰に抱き着く。

「エリーちゃん、どうしたの？」

「ちょっと厳しく教えすぎたみたいで……エリー、こっちに来なさい」

「やー」

「もう。すみません、アカネさん。エリーが言うこと聞かなくて」

「構いませんよ。包丁使ってるわけでもないですから」

茜は気にせず、そのまま料理を続ける。

それを見て、マリアは諦めたように溜息をついた。

「はぁ。エリーは算数するとすぐ拗ねるんだから」

「道具とか使ってみたらどうでしょう？」

美咲は、卓上サイズのホワイトボードを呼び出し、カラフルな小さな磁石とホワイトボード用のペンと字消しとともに、作業用の机の上に並べる。

「これは、なんですか？　白い板と黒い棒と小さな色とりどりの丸いもの？」

「こう使うんですよ。この板にこのペンで書いた文字は簡単に消せますし、こっちの丸いのは貼り付くだけです」

美咲はペンを開封してホワイトボードに丸をふたつ書き、それぞれの丸の中に赤い磁石を五つ、青い磁石を三つ貼り付ける。

「エリーちゃん、この板に付いてる赤いのと青いの、どっちがどれだけ多い？」

茜の足に抱き着いたまま、美咲の手元を覗き込んでいたエリーは、

「あかがふたつおおい」

と答えた。それを見て、マリアはこの道具を使った勉強の教え方がわかったようで、磁石を付けたり剥がしたりしながらエリーに計算をさせていく。

カラフルで板に貼り付く磁石に興味津々のエリーは、マリアの手元を見詰めて、それが勉強だと意識せずに引き算を繰り返すのだった。

翌朝、美咲の感覚では、まだ結構早い時間帯にフェルとキャシー、ベルがやってきた。

「ミサキー、昨日の話なんだけど、インフェルノを教えてもらえないかな」

「インフェルノを？　説明する自信、ないんだけど」

「インフェルノは見るからに炎槍と違うから、見取りでなんとかなると思うんだ」

見取りとは他者の動きを見て学ぶことを指す。なお、学校教育の体育の『見学』を考えればわかるように、なにを学ぶのかという明確な目的意識を持たずに見ても、大した効果は得られない。そんなことを考えつつ、イメージで結果が決まる魔法では、見取りはあまり役に立ちそうにないけど、と美咲は首を傾げた。

「えーと、つまりお手本を見せればいいのかな？」

「そうそう」

フェルの後ろでは、ベルとキャシーも頷いている。

それを見て、美咲はしばらく考えてから、首を縦に振った。

「わかったよ。お手本にするのはいいけど、呪文は自分で工夫してね」

美咲のインフェルノは、イメージのみで温度変化を実現しているし、そもそもが思念詠唱であるため、呪文名を口にする程度で魔法が発動するうえ、最近は、『炎槍』という呪文名でインフェルノを発動させている。

そのままでは見本として不適切であろう。と考えた美咲だったが、だからといって茜のように呪文を即興で作る自信もなかったため、その部分はフェルたちに丸投げすることにした。

南門の外の魔法協会の実験場に移動した美咲たちは、鉄の的を前にした。

「まず最初に言っておくと、鉄を溶かす高温の炎は青白いから……ってそれは見たことあるんだっけ？」

「わたくしは飛竜のときに見ましたわ」

「俺は初めてだから、ちょっと楽しみだよ」

「じゃ、ミサキ、一回目、お願い」

「ん。それじゃ行くよ。イメージは青白くて熱い炎ね……炎そ……じゃなくて、インフェルノ！」

美咲は少しでもイメージの助けになればと、炎槍ではなく、インフェルノという名前で魔法を発動させた。

美咲の前に現れた青白い炎の槍が鉄の的に当たり、直撃した部分は蒸発し、それ以外の部分も赤熱して溶解する。

「前より強力になってない？　それにしても……うーん、どう？　キャシー」

フェルが首をひねり、キャシーに問いかけた。

キャシーは首を傾げている。

「青白くて鉄が溶けるほど熱い炎、ですわね」

「それは最初からわかってたよね」

「それ以上はわかりませんわ」

ベルはなにかイメージが掴めたのか、腕組みをして頷いている。

そして、

「俺も試してみていいかな？」

と言った。それを聞き、美咲はベルに場所を譲る。

「どうぞ」

「ありがと。んーと、鉄をも溶かす青白き炎よ、槍となりてあの的を穿《うが》て、インフェルノ」

ベルの前に白っぽい炎が現れ、炎の槍となって的に当たった。

「んー、的は溶けてないか……いつもと色は少し違ったけど失敗かな？」

ベルのその呟きを聞いてフェルが否定した。

「いやいやいや、的の鉄板、熱で歪んでるから。少なくとも普通の炎槍じゃないよ、いまのは」

「そうかな？　でもインフェルノってほどじゃないよね。俺のイメージ不足かな。炎も青白くなかったし」

「そこはあと一息なんじゃない？　ミサキ、もう一回インフェルノを……的を狙うと勿体ないから、空に向けて撃ってもらえる？」

「あー、うん。いいけど……いまのベルの魔法でも十分強力じゃない？」

「どうせなら溶かしたいじゃない、鉄の的」

「えーと、それじゃみんな見ててね。インフェルノ！」

空に向かって青白い炎が飛んでいく。

強い光を放つそれは、青空に紛れることなく、五十メートルほど上空まで飛翔し、拡散して消えた。

「あー、あの色か。もう一回、俺が撃ってもいいかな」

「いいよ」

「鉄をも溶かす青白く、強き炎よ、槍となりてあの的を穿て、インフェルノ」

先ほどよりも僅かに青みがかった炎の槍が的に当たって消える。

「……やったかな？　どうかな？」

「的の当たった部分、少し溶けて丸くへこんでるね。ミサキのほどじゃないけど、色もちょっと青っぽかったし、インフェルノを名乗ってもいいんじゃない？」

「よし！」

ベルがグッと拳を握った。

「わたくしもいいかしら」

「ああ、俺はなんとなくイメージ掴めたから、あとは空に向けて練習してるよ」

「では。ベルの呪文、真似させてもらいますわね。鉄をも溶かす青白く、強き炎よ、槍となりてあの的を穿て、インフェルノ」

キャシーの前に現れたのは普通よりも白っぽい炎槍だった。

的に当たった炎槍は弾けて消えた。

「ちょっと白っぽかったね」

フェルの言葉に、キャシーは首を傾げた。

「でも的は溶けもしませんでしたわ……前にミサキさんが飛竜を撃ち落とした魔法をイメージして、さっき空に打ち上げた強い輝きを再現したつもりなのですが……んー、難しいですわ」

「見た感じ、込める魔素量が少ないんだと思うよ。私も試していいかな？」

フェルがそう言うと、キャシーはフェルに場所を譲った。

「鉄をも溶かす青白く、強き炎よ……槍となりてあの的を穿て、インフェルノ！」

フェルの気合の入った呪文とともに、フェルの前に青白い炎の槍が浮かび、鉄の的に吸い込まれた。

そして、美咲のインフェルノに引けを取らない威力のインフェルノは鉄の的を瞬時に蒸発させた。

鉄が気化する温度は二千八百六十二度であるが、溶解という過程を感じる暇《いとま》も与えず、瞬間的に蒸発したことを考えれば、温度はさらに高かったはずである。

「凄いね、フェル」

「いや、ミサキに言われてもね。でもいい感じだったよね？」

「私のと同じくらいの威力があったよ」

腕組みしながらキャシーが唸っている。

「うーん、魔素の量、ですわよね。槍の形にいつもの炎槍よりも魔素を詰め込んで魔力に変換させる感じでいけばいいのかしら。フェル、交替していただける？」

「そんな感じかな。魔素をぎゅっと圧縮してから一気に魔法にする感じにするといいと思うよ」

「ぎゅっと圧縮してから、一気に、ですわね。行きますわよ。鉄をも溶かす青白く、強き炎よ……槍となりてあの的を穿て、インフェルノ！」

ミサキやフェルほどではないが、青みがかった白い炎が的を貫いた。

「いい感じだね」

「どうです？　溶けたかしら？」

「直撃した部分は溶けて穴が開いてるね。いちおう、インフェルノを名乗ってもいいんじゃない？」

「やりましたわ……こうなるとアブソリュート・ゼロも挑戦してみたいですわね」

「あー、あれは見た目、氷槍だから無理だと思うけど」

美咲がそう言うが、それでも一度見せてほしいと三人は美咲に頼み込んだ。

「もしも誰かが習得できればこのパーティの切り札になるからね。ミサキ、駄目もとでお願い」

「まあ、大した手間じゃないからいいけど。気を付けてね。本当になんでも凍らせる魔法だから不用意に近付いたら窒息するし、もしも触ったりしたら指がなくなっちゃうんだから。冷気は熱気ほど感じられないかもしれないけど、絶対に氷や的に近付かないこと」

「わかりましたわ」

キャシーの横ではベルが神妙な表情で頷いている。

「それじゃ。アブソリュート・ゼロ」

美咲の前に現れた氷槍は、白い煙を引きながら的に吸い込まれた。

そして数呼吸のあと、的は砕け散った。

「相変わらず不思議な魔法だね」

「フェルの目から見て、魔素の働きはどうだったんですの？」

「そうだよ。フェルならなにかわかったんじゃないか？」

「魔素が普通の氷槍より多く消費されてたってくらいかな。あとは普通の氷槍と一緒に見えたね」

三人は美咲の手元と砕けた的を見比べ、少し呆れたような表情で溜息をついた。

「まあ、ミサキだからね」

「そだね」

「ですわね」


青の迷宮を目指しての準備は着々と進んでいた。

そして、美咲たちがミストの町を旅立つ日がやってきた。

「それじゃ行ってくるね。迷宮がどんなところかしっかり確認してくるから」

見送りに出てきた茜、マリア、エリーに笑顔を見せ、美咲はそう言った。

「美咲先輩、無理しないでくださいね。王都では遠慮せずに皆さんと屋敷《うち》に泊まってください」

「うん。ありがと、そうさせてもらうね。それじゃマリアさん、留守中、よろしくお願いします」

「はい。お気を付けて」

「ミサキおねーちゃん、またねー」

エリーがぶんぶんと大きく手を振っている。

美咲はそれに手を振り返し、ミサキ食堂をあとにした。

待ち合わせ場所は青海亭《おうみてい》のそばだった。

護衛対象の商隊の荷馬車には、すでにフェルたちが乗り込んで待っていた。

「おはよう、待たせちゃった？」

「まだ商隊の準備が整ってないから大丈夫だよ。ほら、ここに乗って待ってようよ」

「ありがと」

フェルが少し奥に移動して場所を空けてくれたので、美咲はそこに乗り込んだ。

この世界産の袋にタオルを詰め込んだクッションを収納魔法で取り出し、美咲は馬車の中で腰を落ち着ける。

「ミサキ、それは？」

「座布団かな。布を詰め込んだ袋だよ、馬車は揺れるからね」

「へぇ、私も真似しよ」

フェルは革袋に着替えの衣類を詰めたクッションを作り、尻の下に敷いた。

「……ちょっとおさまりが悪いかな？」

「革の袋だとちょっと滑っちゃうからね」

「わたくしも真似してみますわ」

「あ、俺も俺も」

キャシーとベルも、美咲を真似て簡易クッションを作りはじめた。

美咲のクッションほどではないが、それなりに柔らかい布が入った革の袋が新たにふたつ作り出された。

「へー、馬車の床に直接座るよりもだいぶ楽だな」

「ええ、これはちゃんとしたものを作ったら売れるんじゃありませんの？」

「袋に着替えを詰めれば誰でも簡単に作れちゃうからね。よほど安くしないと売るのは難しいと思うよ。でも布って高いから」

そんな話をしていると、不意に前方からガラガラと馬車が動き出す音が聞こえてきた。

「出発だね」

フェルが呟くと同時にガタンと揺れ、美咲たちの乗った馬車が動き出した。

馬車は王都への道をゆっくりと進んでいく。

道中、魔物に襲われることもなく、美咲たちは単なる荷物として荷馬車の荷台で揺られていた。

「暇だねー」

「だねー」

美咲とフェルである。

ベルとキャシーは馬車の揺れが心地よかったのか、眠ってしまっている。

魔物が襲ってきたら叩き起こしてくれと頼まれているため、美咲たちは眠るわけにはいかない。

「王都に着いたら、明日、迷宮に向かって出発だよね？」

「うん、そうだよ。正確には青の迷宮の管理をしているネルソンの町までの移動だけどね。迷宮に入るのは明後日になるかな」

「迷宮の中では何泊くらいするの？」

「それは潜ってみないとわからないよ。慣れるまでは一泊くらいに留めると思うけど、慣れてきたら迷宮の最奥を目指すかもしれないし、いきなり凄いの見付けて、そこで終わるかもしれないし」

「最奥ってどうなってるの？　マリアさんはそこまで行ったことないって言ってたよね」

「聞いた話だと、魔法陣があるんだって。一瞬で入り口まで帰ってこられるらしいよ」

　迷宮は女神が創ったということだから、これもまた人間のための仕組みなのだろう、と美咲は納得することにした。

「便利だね」

「そうだね。あれ？」

　先頭の馬車の車輪の音が、石造りの橋を渡るガタガタという独特の音に変わった。

　橋のことを知らないフェルは、何事かと音に耳を澄ませて警戒する。

　何回か王都に来たことのある美咲は、聞き覚えのある音に、自分の現在位置を把握した。

「王都手前の橋だね。もうすぐ王都だよ」

「そうなんだ。じゃあ、そろそろベルとキャシーを起こしておこうか」

「もう少し行くと馬車が停まるから、そこで起こせばいいかな」

「慣れてるね」

「王都とミストの町を、なんだかんだで結構行き来したからね」

王都に到着した美咲たちは、出発前の茜の勧めに従って徒歩でリバーシ屋敷に向かっていた。

「みんな王都は初めてなんだっけ？」

「私は子供の頃に来たことがあるかな。ほとんど覚えてないけど」

「わたくしはたまに護衛の仕事を請け負って来てましたわ。家族に仕事を頼まれることもありますし」

「俺は初めてだ。思ってたより大きいな」

ベルは物珍しそうにあたりを見回した。

ミストの町と比べると、道ひとつとっても広く作られている。

建物の高さもミストの住宅地と比べると、一回り高いものが大半である。

「ほら、ベル。そんなに上を見ていると危ないですわよ」

キャシーに注意され、ベルは照れ臭そうに笑った。

「ミストとはなにもかもが違うんだな」

「王都は広いですけど、人も多いですから、その分建物を詰め込んでるんですわ」

「へぇ……でも町に入って、反対側の塀が見えないなんて、本当にかなり広いよな」

「需要と供給の問題ですわね。限られた土地に対して、住みたがる人の数が多いから、何回も拡張工事がされていて道は複雑ですし、大通りが反対側の壁まで真っ直ぐに伸びているミストの町とは作りからして違いますわよ」

「あー、なるほどねー」

　子供のようにキャシーに手を引かれながら、ベルはあちこちを見回している。

「あ、傭兵組合があるよ。寄ってかないか?」

「そういえば護衛報酬の受け取りがありましたわね。ミサキさん、寄っていきましょう」

「そうだね」

　一行は傭兵組合に立ち寄ると、商隊護衛の報酬を受け取った。

　フェルが手続きをしている間、時間を持てあました美咲たちは依頼票の掲示板を眺めていた。

「依頼の大半は護衛なんだな」

「王都はほかのどの町より流通が盛んですから当然ですわ。王都周辺には魔物はほとんどいないはずですけれど、護衛なしで万が一があった場合、商人としての信用を失いますし」

「言われてみれば魔物駆除の依頼ってないね」

　掲示板を眺めていた美咲がぽつりと呟いた。

「それはそうですわ。王都周辺は対魔物部隊が巡回しているんですもの」

「あ、そういえばそんな部隊もいたね」

　傭兵組合を出た一行は、フラフラと珍しいものに惹かれるベルを引っ張りながらリバーシ屋敷に向かった。

「ほら、ここだよ」

「大きなお屋敷ですわね」

「アカネ、こんなお屋敷を放って、食堂の店員やってるんだね」

呆れたようなフェルの言葉に、美咲は苦笑した。

「私も茜ちゃんを雇ったときは、こんな屋敷住まいだとは知らなかったんだけどね」

そもそも美咲の感覚としては、雇ったというよりも居候として転がり込んできた、が正しい。

いずれにせよ、茜は王都の屋敷を放置して、ミサキ食堂で生活することを選択した。

小川と広瀬が管理してくれているからいいようなものの、あのふたりがいなければ、この屋敷はどうなっていたことか。

「ミサキ様、お帰りなさいませ。そちらの皆さんは？」

玄関周りを掃除していた顔見知りの年配のメイドが、美咲に気付いて声をかけてきた。

「うん、今日一日、泊めてもらおうと思って来たんだ。急に来てゴメンね。えーと、フェル、ベル、キャシー、みんな茜ちゃんとアンナの友達なんだ。アンナはいる？」

「畏まりました。アンナ様は今日はオガワ様とお出かけされています」

「魔法協会かな？　アンナ、回復魔法、使えるようになった？」

「申し訳ありません、そこまでは存じ上げておりません。それでは中へどうぞ」

メイドは玄関の扉を開けて、一行を招き入れた。

美咲たちがリビングに通されてから、しばらくするとアンナと小川が魔法協会から帰ってきた。
リビングで寛ぐフェルたちを見て、アンナは目を丸くした。

「みんな、なにしに王都に？」

「明日から青の迷宮に挑戦しようと思ってね」

フェルが代表で返事をする。

アンナは、しばらく考え、不思議そうな表情で問いかけた。

「……どうして？」

「迷宮に挑戦する理由？　私も美咲も黄色になったし、そろそろ迷宮に挑戦してもいいかなって思って」

「ベルとキャシーは？」

「俺は傭兵として一度は潜っておきたくてね」

「傭兵としてできることの幅を増やしておきたいと思いましたの。青の迷宮なら、わたくしたちでも潜れるでしょうから」

キャシーの言葉に、アンナは首を傾げた。

「ミサキも潜るの？」

「あー、うん。迷宮ってものについて知っておきたいんだよね。将来、白の迷宮に潜りたいって思うかもしれないし」

「そう……なら、日程を少しずらすことはできる？」

アンナの問いに、フェルは頷いた。

「それは大丈夫だけど、なんで？」

「回復魔法のレポート、もう少しで合格をもらえそうなの。そうしたら私も行きたい」

「そっか、もう少しってどれくらい？」

「オガワ先生に聞かないとわからない。回復魔法自体は習得した」

「そうだね。アンナ君の回復魔法は十分なレベルに達しているね」

横で話を聞いていた小川が口を挟んだ。

「それで小川さん、アンナを連れていってもいいでしょうか？」

美咲がそう尋ねると、小川は少し考えてから首肯した。

「回復魔法の腕前については十分だね。レポートも一通りまとめてもらったし、いい機会かな。アンナ君、回復魔法の助手の任を解くよ。いままで本当にありがとう」

「……いいの？」

「ああ、君のお陰で回復魔法の教科書がほぼ完成したからね。当初の目的は達成できたよ。教科書にはアンナ君の名前も入れておくよ」

「オガワ先生、いままでありがとう」

「それじゃ、アンナも一緒に来るんだね？」

フェルがそう尋ねると、アンナは頷いた。

そして、ベルとキャシーに向かって問いかける。

「勿論行きたい。一緒に行ってもいい？」

「勿論ですわ」

「歓迎するよ」

キャシーとベルはそう答えて笑顔を見せた。


屋敷のアンナの部屋は、しばらく残すこととなった。

収納魔法に収納するだけとはいえ、急な出発に荷物の整理が追い付かなかったためである。

翌日、アンナを加えた五人は、青の迷宮があるネルソンの町に向かう乗合馬車に乗り込んだ。

乗合馬車は貸し切り状態だった。

アンナはベルに教えてもらいながら革袋に布を詰め込んだクッションを作り、感心したように馬車の振動に身を任せていた。

「これはいい。売り物になるのでは？」

アンナの言葉に、ベルは肩を竦めてみせた。

「ミサキに言ったんだけど、作りが簡単すぎるし、材料の布が高いから売り物にはならないってさ」

「……確かに。材料さえあれば誰でも作れるし、手持ちの服を詰め込めば安上がり」

「ところでアンナは回復魔法をマスターしたんだよな？」

「した。自分以外の怪我なら治せる」

「自分のは治せないんだ？」

「回復魔法はそういうもの」

魔法という方法で回復を行う場合、施術対象と術者の間に、ある程度距離を置かなければ魔法は発動しない。

術者が自分自身に対して回復魔法を使おうとしても、魔法の安全装置によって魔法は不発となるのだ。なお、回復の魔道具であればこの制限を受けないが、怪我の程度に関係なく一定の魔素を消費するため、魔素の利用効率は悪くなる。

「じゃあ、アンナが怪我をしたらどうするんだ?」

「ミサキに期待している。ミサキ、よろしく」

唐突に話を振られ、美咲は目を瞬かせた。

「なに?　なんの話?」

「アンナが怪我したときはミサキに期待してるってさ」

アンナの発言が意図するところをベルに教えてもらい、美咲は頷いた。

「うん。女神の口付けなら持ってるよ」

「ミサキなら回復魔法も使えるはず。オガワ先生が言ってた」

「あー、えーと、イメージは知ってるから多分できるかな?　きちんと練習したことはないんだけどね」

回復魔法の試験をするには、自分以外の怪我をした生き物が必要となる。

魔法協会ではネズミを対象として魔法の訓練を行っていたが、ミサキ食堂には実験動物はいない。

そのため、美咲は自分の持つイメージで回復魔法が発動するのかを試したことがなかった。

「ネルソンの町に着いたら練習してほしい。魔道具に頼り切るのは危ない」

アンナは美咲の目を真っ直ぐに見詰めながらそう言った。

「え？　試すって言っても、怪我人がいないと無理だよね？」

「私が指先に針を刺すからそれを治して」

「……アンナ、結構荒っぽくなってない？」

「そう？　前からこんな感じ」

「なあ、回復魔法の練習なら馬車の中でやればいいんじゃないか？」

ベルの言葉に、アンナは首を横に振った。

「馬車の中だと発動可能距離ギリギリすぎる。失敗の原因が曖昧になるのはよくないから、もう少し広いところで練習すべき」

「回復魔法って難しいんだな」

「難しい。いままでの常識の外の魔法だし、条件もいろいろある」

「習ってよかったか？」

「勉強になった……とても、勉強になった」

アンナはそう言うと深く頷くのだった。


ネルソンの町には昼過ぎというには少し遅いくらいの時間に到着した。

青の迷宮の町である。

町の中心に迷宮の門と呼ばれる迷宮の入り口があり、その周辺に宿屋や各種商店が並んでおり、外壁の外にはミストの町同様、用水路に囲まれた、自給自足のための畑や牧場が広がっている。

迷宮は国の所有となっていて、迷宮の門は傭兵組合が管理を委託されている。

「到着したねー。今日はとりあえず宿に泊まる？」

馬車から降り、大きく背伸びをして、美咲はフェルにそう尋ねた。

「うん。迷宮に入るのは明日の朝からだね。ミサキはアンナと回復魔法の練習するんだっけ？」

「あー、そうだね。アンナ、回復魔法の練習だけど、宿でやろっか」

美咲がそう聞くと、アンナは頷く。

その横ではキャシーとベルが固まった体をほぐすように思い思いに体を動かしていた。

「なー、宿もいいけど、その前に昼飯どうする？」

「適当に入りましょう。わたくしもお腹が空きましたわ」

キャシーがキョロキョロとあたりを見回す。

「あ、あの屋台、面白そうですわね。ベルはどう思いまして？」

「どれ？　ああ本当だ、珍しいね。俺はあの屋台でいいけど、ミサキたちはどうする？」

ベルの指差している屋台では、魚のようなものが売られていた。

「たい……焼き？」

美咲の目には、それはたい焼きにしか見えなかった。

「親父さん、とりあえずふたつ頂戴」

　ベルがたい焼きを購入し、齧り付いた。

　中身は白あんのようだった。

　キャシー、アンナ、フェルが、たい焼きを購入するのを見て、美咲も列に並んだ。

　屋台の中を覗いてみると、そこにはたい焼きの型はなく、ただ、渋めの親父がホットプレートのようなものを前に佇んでいた。

　しかし、単なる平らなホットプレートでたい焼きが焼けるとも思えず、美咲は思わず質問していた。

「あの、それ、どうやって作ってるんですか？」

「ん？　ああ、この鉄板がアーティファクトなんだよ。小麦と豆、砂糖をセットすると、自動的に魚の形に焼き上げてくれるんだ。面白いだろ？」

「そ、そうですね。便利なアーティファクトがあるんですね」

「俺の戦利品さ。食ってくかい？　うまいぞ」

「それじゃふたつ」

　アーティファクトで焼かれたたい焼きは、あんこそ白あんだったが、それ以外は美咲のよく知るたい焼きと同じ味がした。

「……アーティファクトって、一体なんなの？」

宿を取り、連れ立って町を歩く。

迷宮探索に訪れた傭兵向けの土産物屋や、食堂、宿屋などが軒を並べている。

傭兵が多いからだろう、大通り沿いに鍛冶屋も店を出していた。

「なんというか、雑然とした町ですわね」

「俺はこういう町並み、結構好きだぜ」

「雑然としてる。けど嫌いじゃない」

キャシー、ベル、アンナが先導する形で五人は町を回っていく。

アンナが土産物屋に突貫しそうになるのをキャシーが止めたり、ベルが珍しい食べ物に釣られそうになるのをアンナが止めたりと、なかなかに騒がしい。

「アンナ、マントは持ってきてるっけ？」

ベルに聞かれてアンナは人差し指を顎に当てて少し考えた。

「……持ってきてる」

「そっか、川ネズミで作った革マントが売ってたから、どうかと思ったんだけどね」

「間に合ってる」

「防水性が高くて暖かいらしいぞ」

「そんなによければベルが買うといい」

「あはは、興味はあるけど先立つものがね……」

あちこちの店を冷やかしながら、一通り眺めて満足した一行は、迷宮の地図を購入して宿に戻った。

「ミサキ、回復魔法の練習」

美咲が部屋に戻ろうとすると、アンナが声をかけてきた。

「あ、やるんだ。どこでやろうか？」

「部屋の中だと狭いかも。ここで」

「廊下で？　端から見たら怪しい人だね。でも仕方ないか」

「ん。それじゃ、」

アンナは針を取り出し、左手の薬指の先を刺す。

小さくぷくりと血が出てくる。

「えーと……異物排除、組織を構成する細胞の増殖、その修復と血管類の修復、皮下脂肪、表皮細胞の修復ってイメージでいいのかな？　……回復」

「……一回で成功するなんてズルい」

「あ、成功した？　よかった。これで血を拭いて」

美咲はハンカチを取り出してアンナの指先の血を拭う。

そこに傷跡は残っていなかった。

「……ニホン人の知識とイメージはズルい」

「うん、まあ、それだけたくさん勉強してきたからね」

小学校、中学校、高校と基礎的な部分から丁寧に積み上げてきている。

それに加え、美咲にはＳＦ小説などで科学的な考察や知識を得る機会があった。

いまがあるのは、それらの蓄積があればこそだった。

「勉強してきた？」

「そ、たくさん本を読んで、いっぱい試験を受けて、わからないことは調べて」

「……わかった。ズルいと言ったのは訂正する。羨ましい」

「アンナも勉強したんでしょ？」

「まだほんの入り口だってオガワ先生は言ってた」


翌早朝、一行は、朝食をしっかり済ませると、宿を出て迷宮の入り口に向かった。

まだ日の出の少し前だというのに、美咲たちが到着する頃には、迷宮の入り口の前にはそこそこ長い列ができていた。

「あちゃー、出遅れたかな」

列を見てベルがぼやく。

「ぼやいてないで、わたくしたちも並びますわよ」

キャシーはそう言いながら列の最後尾に並び、美咲たちもキャシーに続いた。

「迷宮の門に入るのはパーティ単位だったよね？」

美咲の問いにフェルが頷いた。

「マリアさんの話だと、鼓動と同じくらいの速度で四十数えるくらいの時間をかけて門が開閉して、開いている間に一緒に入った人はパーティと見なされるだったかな？」

「……マリアさん？」

アンナは不思議そうな表情で首を傾げた。

「ああ、そっか、アンナはマリアさんを知らないんだっけ。ミサキ食堂の店員さんで、昔、迷宮探索をしてたこともある傭兵なんだ。いろいろと迷宮の話を聞かせてくれてね」

「……ミストの町も変わったのね」

「言うほど変わってないと思うけどね。マリアさんとエリーちゃんの詳細についてはミサキに聞いてね」

「……エリーちゃん？」

「ああ、はいはい。まずマリアさんはうちに住み込みで働いてもらってるのね。それでエリーちゃんはマリアさんの娘さんでまだ小さいのに絵の天才。えーと狐の獣人さんね」

待ち時間の間、美咲の言葉が途切れることはなかった。いかにエリーが可愛くて絵がうまくて賢くて可愛いのかを話し続けた。なお、可愛いさについての言及が多いのは仕様である。

列はそこそこ長かったものの、ほぼ四十秒ごとにパーティ単位で門の中に入っていくため、待ち時間はそれほど長くはなかった。

列が短くなるにつれ、壁に隠れていた門が見えてくる。

石造りの重厚そうな門は、十秒ほどの時間をかけて開き、二十秒開いた状態を維持し、十秒ほどの時間をかけて閉じるという動きを繰り返していた。

　誰かが門を操作している様子はない。

　それでもただ静かに、機械的に門の開閉が続いていた。

　門の前には門番らしき男が立っており、パーティ単位で門に入るように促している。

「次ですわね。ベル、地図の準備はよろしくて？」

「お、おう。キャシーとミサキは光の杖の準備な」

「……ふたりとも落ち着いて」

「ねえフェル、最初の階層は迷路だったよね。敵は出ないって話だけど、武器は準備したほうがいいかな？」

「そうだね。だけどミサキ、抜刀は迷宮に入ってからにしてね」

　いちおう、それなりに準備をしてきたはずだが、いよいよ迷宮に入るという段になって、いろいろと不安になってきたらしい。

　フェルとアンナ以外は門を前にして、不足はないかとおろおろしはじめている。

　そんな美咲たちの動揺をよそに、門は静かに閉じ、また開く。美咲たちの順番がやってきた。

「次のパーティ、中へ」

「は、はい！　みんな、行きますわよ」

「おう。アンナ、フェル、ミサキも行くぞ」

　美咲たちは門をくぐり、迷宮最初の迷路の階層に足を踏み入れた。と、同時にあたりが暗闇に沈む。背後で門が閉じたわけではなく、そもそもそこには入り口すら存在しない。瞬間移動したのだ、と気付いた美咲はどのような仕組みなのだろうかと考え、答えは『女神様の力によって』であると気付いて、これだからこの世界では科学が発展しないのだと、小さく溜息をついた。

美咲がそんな考察をしている横で、キャシーは光の杖を起動し、杖の先端に光の珠を浮かべる。

その灯りのもと、ベルは町で入手した地図を開き、最短距離を辿れるように準備を始める。迷宮の第一階層は迷路になっていて、下り階段の位置は固定されているのだ。これが第二階層から下になると、地形《マップ》はすべてのパーティで共通だが、階段や安全地帯《オブジェクト》の位置はパーティ単位で異なる。

第一階層には敵は出ないという話だが、アンナとフェルはいつでも抜けるように剣の柄に手をかける。

美咲はその後ろに付いて、マン・ゴーシュの柄に片手を置いたまま、光の杖を起動する。

光の杖に照らし出された迷宮は、石の洞窟のように見えた。

ただし、壁も床も天井も、その表面こそ細かな凹凸が覆っていたが、全体的には平らに整っており、とても天然の洞窟には見えない。通路は高さも幅も四メートルほどで、石筍《せきじゅん》なども見当たらない。

「それでは行きますわよ」

キャシーの声に皆が頷いた。

迷路の階層とはいえ、すでに多くの傭兵によって踏破され、地図が出回っている。

ベルが持っているのがその地図である。

最短で階段まで進むルートはチェック済みで、地図通りに進めば迷うことなく第二階層まで進むことができる。

「次の角を右に」

「右、ですわね……異常ありませんわ」

一行は、ゆっくりと迷路を進んでいった。

そして、角を数回曲がったところで、下りの階段を発見した。

「あった。地図通りだね。俺が先に下りる。第二階層からは敵が出てくるから武器はすぐに使えるようにしておいて」

「わたくしが殿《しんがり》を務めます。フェルはベルに続いて、周辺に敵がいたら魔法でこれを駆除してくださいませ」

「了解」

「フェルが下りたら、アンナ、ミサキさん、わたくしの順序で続きますわ」

「それじゃ行くよ」

ベルが階段に足をかけた。

数段下りたところでベルの姿が掻き消える。

わかりやすく階段の形をしてはいるが、実態は迷宮の門同様、転移の魔道具のようだ。

ベルに続き、フェル、アンナ、美咲が階段を下り、それを確認してからキャシーが階段に足をかける。キャシーの姿が消えるのと同時に第一階層は暗闇に包まれた。

第二階層は岩山に囲まれた草原と林のフロアだった。

空には太陽らしき光源が見えているが、当然ながら本当の太陽ではない。

先行して階段を下りたベルは周囲を見回して声を上げた。

「見える範囲に敵はいない！」

だがこの声は誰にも届かなかった。

第一階層と第二階層は、物理的には接続していないのだ。

すぐにフェルが姿を現す。フェルはベルの後ろまで走り、あたりを警戒する。

「敵は？」

「見える範囲にはいないぞ。さっきそう……って、そうか、下で声を上げても上の階には届かないのか……よし、全員下りてきたな」

一行は周囲を警戒しながらも階段から少し離れる。

間違えて階段に足をかければ第一階層に戻されてしまうかもしれないと考えたためだ。

「それでは探索を始めますわよ。ベルとわたくしが先行します。アンナは後方の警戒、フェルとミサキさんは魔法の準備をお願いしますわ」

キャシーの指示に従い、隊列を組み直す。

フェルは周囲を見回し、目を擦った。

「話には聞いていたけど、なんか、外より魔素が濃いみたい」

「それって悪いこと？」

呟いたフェルに問いかける美咲。

フェルは首を横に振った。

「悪いことじゃないよ。むしろ魔法の威力と射程距離は上がるかな？」

「ふうん。それじゃ、威力調整、気を付けないとね」

フェルと美咲がそんなことを話していると、キャシーが振り向いて、指示を出した。

「皆さん、人工物か、赤い石があったら教えてくださいませ」

このフロア以降、階段や宝箱といったオブジェクトはパーティごとにランダムに配置される。

地図は地形を知るうえでは役立つが、それ以上のものではない。

アーティファクトを入手して次のフロアに進むには、フロア内を探索してアーティファクトが入った箱や、階下に繋がる階段を探さなければならないし、先に進まずに野営をするにも安全地帯の発見は必須である。

アーティファクトは、箱や建造物など人工物に隠されているとされている。またフロア間を繋ぐ階段も人工物である。従って、まず探すべきはなんらかの人工物である。もっとも、人工物といってもそう見えるだけで、実際に人間が作ったものではない。そういう観点で言えば、迷宮のすべてのオブジェクトは女神様が創ったものである。

なんにしても、安全地帯は迷宮探索中の拠点ともなる場所である。暗くなれば発見が困難となるため、早いうちに発見しておく必要がある。

　一行は魔物を警戒しつつ、人工物と赤い石を探して歩き出した。

「……キャシー、現在位置がわかった。林と丘の配置から、地図のこの辺だ」

「なるほど、確かに。では、下りてきた階段を書き加えてくださいまし」

　ベルが地図上の現在位置を指で示すと、キャシーは地図と地形を見比べ、そう指示をした。

　鉛筆を取り出したベルは、地図に下りてきた階段を書き加える。

「この位置ですと、あそこの丘に登って周りを確認すれば、かなり広範囲が見渡せますわね」

「だな。行ってみるか。それとも俺が偵察してくるか？」

「全員で行きましょう。丘の向こうに魔物がいたら大変ですわ」

「そか、そうだな」

　キャシーとベルは遭遇戦に備えて剣を抜き、移動を開始する。

　小高い丘の上に移動した美咲たちは、そこで一辺五十センチほどの木箱を発見した。

「ついてますわね」

「ねえフェル、これがアーティファクト？」

「違うよミサキ、アーティファクトの入った宝箱。物がなんなのかは開けてみてのお楽しみ」

「宝箱っていうか、ただの木箱に見えるんだけど」

　丘の上にあったのは、どこからどう見ても、雑に作られたただの木の箱だった。

　いわゆる宝箱のような構造ではなく、木の板が蓋として載せられているだけである。

ベルがゆっくりと箱に近付き、剣の先で箱の蓋をつつくと、木の蓋は大した抵抗もなく動いた。

「釘で打ち付けられてる様子もないな……中身を確認する」

そのまま剣先で木の蓋をずらし、ベルは中を覗き込んだ。

そして、そのまま、木の蓋をどけると、木箱の中に無造作に手を突っ込んだ。

箱から取り出されたのは黒っぽくて光沢のある掌サイズの長方形の板だった。見えている側は、ほぼ全体がガラスのように見える素材で覆われているが、あまりにも滑らかすぎた。

ベルはそれを裏返してみる。裏側は片隅にガラスに見える小さな丸い部分が存在するが、大半は白っぽい金属で覆われていた。よく見れば、側面には小さな突起が見て取れる。

「なんでしょうか？」

板を受け取り、キャシーがあちこち確認する。

「……私にも見せて」

板はアンナの手に渡った。

「見せて見せて」

フェルがそれを覗き込む。

美咲はそれを見て呆然としていた。

美咲の知識の中で、それに最も近いものを挙げるとすれば、スマートフォンが該当した。片面がガラスで覆われ、反対の面にはカメラのレンズ。側面には電源ボタン。一度、スマートフォンだと思って見てしまうと、それはスマートフォン以外には見えなかった。

「えーと、ちょっと見せて」

美咲はアーティファクトを受け取り、電源ボタンに見える部分を長押ししてみる。

ポーン、という音とともに黒いガラス面に、見たことのないカラフルなアイコンが表示され、クルクルと回り出した。

「なに？　なんですの？」

「音が鳴った！　なんか絵が映った！　鏡？　違う、絵が動いてる！」

キャシーとベルが驚いて覗いてくる。

美咲は、クルクルと回っているアイコンをタップしたり、スワイプしたりしてみるが反応がない。

「ミサキ、なにをしたの？」

表情はいつもと変わらないが、いつもよりも少しだけ声のトーンを高めにアンナが聞いてくる。

「えっと、この部分をゆっくり五数える間押したら、えーと……なんか動き出した」

美咲から板を受け取り、アンナは美咲に教えてもらった操作を行った。

「……変化なし」

「ちょっと貸して」

アンナからアーティファクトを受け取った美咲は、再度電源らしきボタンを十秒ほど長押ししてみる。

　すると、ふっと、画面が暗転した。

「ゆっくり十数える間押したら止まったよ」

「凄いなミサキ。アーティファクトに詳しいのか？」

　停止したアーティファクトをベルに手渡すと、ベルは感心したようにそう言った。

　美咲は首を横に振る。

「そんなことはないけど、なんとなく？　それに結局、なにに使えるかわからないし」

「遠見の鏡とか、そういう系統のアーティファクトかもしれませんわね……もしもそうなら、かなり高値が付きますわ……それで、このあとですが、どうしましょうか？」

　キャシーが全員を集めて相談をする。

「アーティファクトひとつ見付けられたら一旦戻るのがセオリーだって聞いたけど」

　フェルの言葉にキャシーは頷く。

「ですけど、まだ入ったばかりです。なにかできることはないでしょうか？」

「安全地帯を探しておくのはどうだ？」

「……魔物も見てない」

　ベルとアンナはもう少し探索をしたいようだ。

　キャシーは美咲を見詰めた。

「ミサキさんはどうしたいですの？」

「え、私？　そうだね。安全地帯の探索をして、暗くなる前に戻るっていうのでどう？」

「フェルもそれでよろしくて？」

「まあ、せっかくここまで来たんだし、安全地帯くらいは見ておきたいね」

「それでは、暗くなる前に戻るという前提で探索を続けましょう」

その決定を聞き、ベルは、アーティファクトが入っていた箱を引っ繰り返して上に乗り、周辺を見渡した。

その横で、アンナ、フェルも四方を観察する。

「小さな人型の魔物発見……犬顔だ」

ベルが魔物を発見し、指差すと、皆もベルの横で魔物の姿を探す。

「あ、あれかな。結構小さいね。迷宮特有の魔物……犬顔、コボルトだっけ？　攻撃する？」

コボルトの姿は、狼を無理やり二足歩行させたような姿で、身長一メートルほどである。前足には武器を握るための指があり、木の棒を握りしめている。犬顔という俗称からわかるように、頭部は犬や狼に似ているが、そこに可愛さを感じさせる要素は欠片もない。

まだ距離があるからか、コボルトは美咲たちには気付いておらず、それに気付いたフェルの問いに、キャシーは首を横に振った。

「こちらには気付いてないようですし、安全地帯の探索を優先しましょう」

「だな。安全地帯と、できれば第三階層に下りる階段も発見しておきたいよな……でもここから眺めてても見える範囲にはなさそうだし、林のほうに行ってみるか？」

「……確かに、ここからだと林の向こうは見えませんわね。行ってみましょう」

「うし、それじゃ、これは預かっておくぜ」

ベルはアーティファクトを箱にしまい、そのまま収納魔法で格納して、林に向かって歩き出した。

林を左から迂回し、安全地帯を探す美咲たちの前に、下層に続く階段が現れた。

「これは……幸運なのかしら？」

キャシーの呟きに、ベルは頷いた。

「幸運だと思っとこうぜ。とりあえず地図に書き込んどくよ」

「……そうですわね。それでは、引き続き安全地帯を探しましょう」


地図上、林の奥側は壁となっていた。

「壁ねぇ」

フェルは岩山の麓から上を見上げるが、上のほうは、青空に溶け込むように見えなくなっており、どこまで続くのか見当も付かない。

その隣で美咲も岩山の表面を掌で撫でながら、頂上を探すように岩山を見上げた。

岩肌に手がかりになりそうな凹凸がまったくないとは言わないが、岩山は断崖絶壁で、道具なしではとても登れそうになかった。

「頑張って登ったらどうなるんだろうね？」

「ろくなことにはならないだろうね。見えないけど天井があるっていうし。空に消えるように見えてるのも、どこまでが本物なのかわからないよ」

美咲の呟きに、フェルがそう返した。

「……登っても行き止まり。戻るのが正解」

アンナは岩肌に触れながら呟いた。

「そうですわね」

「それじゃ、このあとだけど、地図を見る限り、林の向こうにいくつか丘があるから、そこを目指そうと思うんだけど、どうかな」

ベルの発言に、全員が頷く。

「……構わない」

「あてがあるわけではありませんし、いいと思いますわ」

「そだね。またアーティファクトがあるかもだし」

「ミサキさん、アーティファクトは一階層にひとつらしいですわよ?」

「あ、そうなんだ。それなら無理せず安全第一だね」


地図を確認しながら、大きめの丘を登り、周辺に赤い石がないかを確認する。

そうやって三つ目の丘を登っているときだった。

「……後方に魔物。多分発見されてる。現在接近中。コボルト?　数四」

後方を監視していたアンナが声を上げた。

「ベルとわたくしが前衛を務めます。ミサキさんとフェルは魔法攻撃をお願いしますわ。アンナは周辺警戒継続です」

後方、五十メートルほどの位置に犬顔の人型の魔物が四体。美咲たちのほうに向かって走ってきていた。手にはその体格からすると大振りのナイフを握っている。

二本足で走る速度はそれほどではないが、背が低く、草原の草に姿が隠れがちである。

ベルとキャシーが美咲たちを背に庇う位置に移動する。

「フェル、魔素のライン引くよ！」

「了解」

「……魔素のライン！」

「……氷槍！」

魔素のラインで射程の伸びた氷槍がコボルトの胸に突き刺さる。

コボルトはその場で光の粒に変わり、ポトリと魔石を落とした。

「近いし、あとは個別で行こう。私は左から。ミサキは右からお願い」

「わかった……氷槍！」

「氷槍！」

美咲の氷槍が頭部に直撃したコボルトは、その場で氷の中に閉じ込められ、次の瞬間光の粒に変化した。

氷槍と言いつつ、実態はアブソリュート・ゼロだったようだ。

フェルの氷槍はコボルトの右肩に突き刺さったが、コボルトは傷をものともせずに駆け寄ってくる。

「氷槍！」

美咲の氷槍が無傷のコボルトの首を貫き、こちらのコボルトも氷像と化した。

残りは肩に傷を負って迫ってくるコボルトだけである。

「近いですわね。魔法攻撃中止！　ベル、行きますわよ」

「おう！」

キャシーとベルは右肩から血を流しているコボルト目がけて走り、ふたりで左右から剣を突き入れる。体が小さい分、器用に避けるコボルトだったが、肩の怪我で動きが鈍っており、数発を受けた時点で動きが止まり、急所に突きを受けて倒れ伏した。

そこにとどめを刺され、コボルトは光の粒になって消えていく。

「アンナは引き続き周辺警戒をお願いしますわ」

キャシーとベルは、コボルトが落とした魔石を拾いながら戻ってくる。

美咲によって氷漬けにされたコボルトは、氷の中に魔石だけがポツリと残されていた。

「あれ、取り出せるのか？　寒くて近付けないけど」

「えーと、近付くのは危ないと思うから離れて待ってて。爆発はしないよね？　……炎槍！」

美咲はコボルトの形に残った氷に遠距離から炎槍を当てて氷を溶かしはじめる。アブソリュート・ゼロの氷の槍の本体は凍り付いた空気でできており、槍が刺さった周囲の氷も空気が凍ったものだったが、槍から離れたコボルトの足の辺りの氷は空気中の水蒸気でできた普通の氷のようで、炎槍の熱で簡単に溶け崩れていった。アブソリュート・ゼロの冷気で凍った付近の氷は、火に触れてシュウシュウと音を立てながら燃えたりもしたが、酸素だけしかなければ爆発するということもない。

美咲のやり方を見て、もうひとつの氷の塊を溶かしはじめるベルとキャシー。

ほどなくして、氷は溶け切り、ベルは魔石を拾い上げる。

「アブソリュート・ゼロはあとの処理が面倒だから、普段はあんまり使わないほうがいいかもな」

それを聞いてフェルも頷いた。

「そうだね。まあ、使うかどうかの判断はミサキに任せるけど、アブソリュート・ゼロは切り札ってことにしよう」

「溶かさなきゃ魔石が拾えないのは面倒だし時間も勿体ないからね。うん、それじゃ基本は普通の氷槍で、強敵が出たらアブソリュート・ゼロを使うようにするよ」

「おし、それじゃ、探索に戻るか」

「そうですわね。とりあえず、この丘を登ってしまいましょう」

丘を登り切ると、その先の窪地に、赤い石柱が四本見えた。

石柱の高さは七十センチほどで、一辺十メートルほどの正方形になるように四本の石柱が配されていた。

石柱と石柱の間は、赤い石が地面に埋め込まれ、赤い線が正方形の各辺をなしている。

「ねえ、あれが安全地帯？」

美咲が赤い石柱を指差してそう聞いた。

「うん、多分。私も初めて見るから自信ないけどね」

自信なげにフェルが頷く。

「丘の上からだと丸見えだね」

美咲の不安げな声に、フェルは周囲を見回した。

「丘の上《ここ》まで魔物が登ってこなければ見つからないって言い方もできるんじゃない？」

「そか、そう考えると逆に安全なのかな？」

「それでは安全地帯まで行きますわよ」

「はーい」

丘を下り、赤い石柱に囲まれた安全地帯の手前まで移動した美咲たちは、僅かな逡巡のあと、安全地帯に足を踏み入れた。

安全地帯に入り、キャシーは少し驚いたような表情を見せた。

「なんの抵抗もなく入れるのですわね。もう少し抵抗とかがあるのかと思っていましたわ」

ベルは地図に安全地帯を書き込み、大きく伸びをした。

「緊急時はそのほうが助かるだろ？　まあ、これで安全地帯発見ってことでいいよな？」

そう言いながら地図を広げるベルの横でアンナはしゃがみ込み、石柱間を繋ぐように地面に埋め込まれた赤い石を指でつつきながら、

「……これが安全地帯の石」

と興味深げに観察している。

「それでキャシー、このあとは地上に戻るってことでいいのか？」

「そうですわね。最低限の探索の経験もできましたし、次に潜る際に必要な情報も得られました。アーティファクトも手に入りましたし、今日のところは一旦地上に戻りましょう」

　帰路では魔物を回避しながら進み、第一階層に続く上り階段まで戦うことなく到着した。

　階段の下で周囲を警戒しながら、美咲とキャシーは光の杖を取り出し、杖を起動して光の珠を杖の上に浮かべる。

「それでは第一階層に戻りますわよ」

「おう！」

　来たときと逆順の、キャシー、アンナ、フェル、美咲、ベルの順番で階段を上り、一行は迷宮の第一階層に戻った。

　光の杖の灯りで第一階層が照らし出される。

「ベル、先導をお願いしますわ」

　迷宮の出口は入り口とは異なる場所にあるため、初めて歩く道となる。

　ベルは手元の地図を確認しながら美咲たちを先導する。

　帰り道は単調で、一行はすぐに出口がある部屋まで辿り着いた。

　出口があるとされる部屋の床には、大きな魔法陣が描かれていた。

「……ここだ。あの魔法陣の上に乗って、誰かが中央の丸を踏めば、魔法陣に乗ってる全員が外に出られる。魔法陣からはみ出してる奴は置いていかれるらしいな。それと、転移したらすぐに魔法陣から出るようにだって」

　ベルは地図に書かれた注意書きを読み上げた。

「出口は迷宮の外に転送されるんだね。さっきの階段でも思ったけど、便利だけどちょっと怖いよね」

「怖いって、なにが？」

　美咲の呟きに反応したフェルだったが、美咲がなにを不安に思っているのかは理解できなかった。

　美咲の知る転送装置は、対象を量子レベルまで分解して目的地で再物質化させたりするもので、冷静に考えるとオリジナルは一回死んでいたりするのだが、すでに階段で転送を経験している美咲はなんでもないと首を横に振った。

「凄い技術だなって」

「まあ女神様が創ったものだからね。考えたって真似できないよ」

　フェルはそう言って魔法陣に足を踏み入れた。

「そうですわね。早く戻って、アーティファクトを鑑定してもらいましょう。それでは行きますわよ」

　全員が魔法陣の中に入ったことを確認し、キャシーは魔法陣中央の黒丸を踏んだ。

　それを見て、こういうときは「チャーリー、転送を頼む」って言うんだっけ、と的外れなことを考えていると、美咲はくらりと眩暈のようなものを感じ、直後、一瞬にして周囲の景色が変化していることに気付いた。

「これが転送？　……階段も驚いたけど、面白いね」

「ですわね……と、いけない。魔法陣から出るんでしたわね」

美咲たちは魔法陣から降り、改めてあたりを見回した。

そこは、部屋の中だった。

石の床に魔法陣が描かれているが、それ以外はなんの調度品も置かれていない飾り気のない部屋である。壁は石積みで天井は木の板が張られている。

壁の高い位置に明かり取りの窓があるが、外の様子を窺うことはできない。しかし、そこそこ賑やかな声が聞こえてきている。

「ここは迷宮の門の裏手の建物のはずだから、近くの鑑定屋にアーティファクトの鑑定をしてもらいに行こうか」

「ですわね。うー、初めてのアーティファクト、楽しみですわ！」

「鑑定ってどこでしてもらうの？」

盛り上がるキャシーたちに美咲は首を傾げた。

「専門店があるんだってさ。混んでなきゃいいけどな」

その店は、大通りに面した間口の広い店舗に似合わず、鑑定屋と書かれた小さい看板を掲げていた。

内装はミストの町の傭兵組合に似て、複数の受付がある。まだ時間が早いせいか客は少なく、店内はがらんとしていた。

代表してキャシーがアーティファクトを持ち、受付の女性に声をかけた。

「あの、鑑定をお願いしたいのですが」

「アーティファクトはどちら？」

「これです」

美咲の目にはスマートフォンにしか見えない板を掲げるキャシーに、受付の女性は頷いた。

「アーティファクトの鑑定は初めてですか？　費用は一律、千五百ラタグです。よろしいですか？　はい、それではお預かりします。少々お待ちください」

頷くキャシーに微笑みかけ、受付の女性はアーティファクトを受け取る。

アーティファクトを受け取った受付嬢はそのまま後ろを向き、背後の窓口の籠にアーティファクトを入れた。

待つこと数分で籠が戻ってくる。

籠にはアーティファクトのほかに、一枚の紙が入っていた。

「千五百ラタグをいただきます。こちらがアーティファクトの詳細です」

代金と引き換えに、アーティファクトと紙を受け取ったキャシーは、後ろで待っていた美咲たちのもとにそれを持ち帰った。

「どうだった？」

「……んー、アーティファクトとしての価値は二万ラタグですわね。景色を写し取るアーティファクトだそうです……貴重なものではなかったようですわね」

「ひとり四千ラタグか。まあ、一日の稼ぎとしては悪くないけど、アーティファクトとしてはハズレだな。どうする？　買取に出すか？」

「そうですわね」

「……ハズレなら仕方ないと思う」

「あ、魔石もあったね。あれも売るんでしょ？」

　アーティファクトを売る方向で話が進むなか、美咲は、アーティファクトが単なるカメラであるという鑑定結果に疑問を抱いていた。

「それでは買取窓口に行ってきますわ」

「ちょっと待って、売っちゃうなら、私が一万六千ラタグで買い取りたいんだけど」

「ミサキさんがですか？　手元に残すほどのアーティファクトではないと思うのですが、よろしいのですか？」

「うん、ちょっと詳しく調べてみたいんだ。あとで売っちゃうかもだけど、できればしばらく手元に置いておきたいかな」

　手元に置いておけば、自分で弄り回して機能を発見できるかもしれないし、持ち帰って茜に『鑑定』してもらうことで新しい事実が判明するかもしれないと考えた美咲は、アーティファクトを買い取ることを主張した。

「ミサキも物好きだね」

「まあ、わたくしたちはお金になるのなら誰が買っても構いませんけれど」

キャシーはそう言って美咲にアーティファクトを手渡した。


傭兵組合の買取窓口出張所で魔石を売り、新しく宿を取る。

宿は基本的に一泊ずつの契約となる。特に迷宮探索者は連泊を断られることが多い。

宿を取ったまま迷宮に潜り、契約日数以内に戻ってこられず、部屋に置いた荷物の扱いなどで問題が生じることもあるためである。

「そういえば、ベルの剣は研ぎに出さなくて大丈夫ですの？」

「ん？　ああ、俺のは問題なかったぜ。キャシーのは？」

「わたくしのレイピアも問題はありませんわ。骨には当てませんでしたから」

戦闘は一回だけ。動きの鈍っている敵を囲んで刺しただけだったため、剣は綺麗なものだった。

「それじゃ私たちは反省会しようか」

フェルがベッドの上で美咲のほうに向き直る。

「反省会？」

「そ、魔法攻撃についての反省」

「最初の敵は魔素のラインで倒したよね。あれは射程距離から考えると妥当な選択だったと思うけど、どうかな？」

美咲の問いにフェルは小さく頷いた。

「うん。遠くの敵には魔素のラインは有効だし、効果的に倒せていたと思う」

「次の敵への攻撃は少し手間取ったかもしれないね」

最初の敵を倒したあと、それぞれがどう行動するのかを決めていなかったため、フェルの指示が出るまでの短い間だが攻撃が中断した。

美咲は左の敵、フェルは右の敵から狙っていくと決めたあとは素早く攻撃に移れたが、そこまでに数秒を無駄にしてしまっていた。

「次からだけど、私の魔法の射程距離に敵が入ったら魔素のラインはやめて、自分の正面寄り外側の敵から個別に倒すって決めておこうよ」

「お互い、正面の端っこから倒していくんだね？　真ん中の敵はどうする？」

「それは早い者勝ちってことで。それと、迷宮内でも言ったけど、氷槍で倒せる相手はアブソリュート・ゼロは使わないってことで。でも、必要だと判断したら遠慮せずに使ってね」

「そうだね。倒したあとの処理が面倒だし、解凍するための魔素消費も馬鹿にならないしね」

アブソリュート・ゼロで凍り付いた敵はその場で光になって消えたが、魔石はアブソリュート・ゼロで作られた氷の中に閉じ込められてしまっていた。

魔石を取り出すために炎槍を何発も撃つ羽目になったことを考えれば妥当な指摘である。

フェルの指摘に美咲は納得顔で頷いた。

「それと、私の反省点。一発外しちゃったね」

「当たってたよね？」

「肩にね。美咲の攻撃に気を取られて外しちゃった。あれは失敗だった。反省」

「それで、そのあとはベルとキャシーに任せたんだよね」

「接近されすぎると魔法よりも剣のほうが効率いいからね……うん。とりあえず反省会はこんなところかな」

「そうかな？　うん、そだね」

「ところでミサキ、なんでアーティファクトを手元に残したの？」

フェルの質問に美咲は肩を竦めた。

「直感。カメラ……景色を写し取るだけの道具じゃないって思ったの」

「鑑定って、鑑定のアーティファクトを使ってるそうだから、まず間違いないと思うんだけど？」

「間違ってるとは言わないけど、全部を見通せてないって思ったんだよね」

美咲はアーティファクトを取り出して電源ボタンらしきものを押し、起動した。

謎のアイコンが回転する画面が表示される。

そのまま一分ほど待っていると、アイコンが複数に分裂した。

「あ、やっぱりそうだ」

先頭に表示されたアイコンはどう見てもカメラだった。

そのほか、いくつかのアイコンが表示されている。

「なにが、そう、なの？」

アンナが美咲の手元を覗き込んできた。

「うん、風景を写し取る以外の機能がありそうだってわかったの」

美咲はカメラのアイコンをタップしてカメラを起動すると、アンナとフェルの写真を撮った。

「これが景色を写し取る機能ね」

撮影した写真を見せると、フェルは目を瞠《みは》った。

「ミ、ミサキ？　なんで使い方がわかるの？」

「日本にね、似たようなものがあったから……えーと、これは撮った写真を見るアルバム機能だから、こっちのはまさか通話？　って、一台じゃ意味ないじゃない。そもそも基地局とかってどうなってるんだろ。こっちは予定帳っぽいね、この世界のカレンダーか。毎年計算して作ってるって聞いたけど……で、これはまさかアプリストア？　置いてあるアプリはひとつだけで、まだ購入はできない、と……設定はどのアイコンだろ？　……とりあえず通話機能が気になるからもう一台、同じアーティファクトが欲しいかな」

「もう一台って、アーティファクトなんだから、そうそう同じのはないと思うけど？」

呆れたような口調でフェルが呟くと、アンナも頷く。それを見て、美咲は苦笑した。

「まあ、そうかもだけど、鑑定額が安かったから、出回ってるかもしれないじゃない？　もしも通話機能が使えたりなんかしたら、いくらお金を出してでも欲しいって言う人が出てくると思うからね。手に入るなら高くなる前にいくつか手に入れておきたいかな」

「ツウワってなに？」

「これとは別の、同じアーティファクトの間で離れていても声が届く機能、かな」

フェルとアンナは揃って首を傾げた。

「うるさくて、はた迷惑じゃない？」

「声を魔素かなにかに変換して遠くに飛ばして再生するの！　別に声量を拡大するわけじゃないから」

「魔素に変換なんてできるの？」

「魔素って言ったのはものの例えで、見えないなにかに変換して、遠くにあるこれと同じアーティファクトでそれを声に戻すの」

「……ミサキ、なんでそこまでわかるの？」

アンナは訝《いぶか》しげな表情で美咲のほうを見た。

「日本に……私の故郷にね、似たような道具があったから、多分、同じような機能なんだろうなって想像したの」

「ミサキは、その似たような道具っていうのを持ってないの？」

フェルに聞かれ、美咲は首を横に振った。

「残念だけど持ってこれなかったんだ。前にフェルにヘッドランプをあげたよね。あれと同じように電池で動くカラクリだってことしかわからないな」

「……それにしても、ここの鑑定っていい加減ですわね。追加の機能を秘匿していた？　それとも気付かなかったのでしょうか？」

キャシーは腕組みをして小首を傾げた。

「あのね、そもそも通話ができるかどうか、まだわかってないんだから、現時点では鑑定結果に偽りがあるとまでは断言できないよ。私としてはこれと同じアーティファクトを買って、いろいろ試してみたいけどね」

「でも、予定帳の機能もあるとわかっているのですわよね？」

「んー、入力方法がまだわからないから使いこなせないけどね……持ち帰っていろいろ試せば、できることは増えそうな気がするんだけど……あ、でも電池ってどうなってるんだろう？　まさか使い捨て？」

「アーティファクトなら、魔素が切れることはないって聞くけど？」

フェルの言葉に、美咲は驚きを隠しきれなかった。それが事実だとすれば、仕組みによっては、ある種の永久機関である。

「いくらなんでもそんな……でもとりあえず、同じのをもうひとつ買って帰りたいな」

「それじゃ、迷宮探索終わったら、王都でアーティファクト扱ってるお店に行ってみる？　景色を写し取るしか機能がないアーティファクトで、値段が安いなら、ミサキが言うように売ってる可能性があるかもだし」

「あ、それなら見に行ってみたい」

翌日、美咲たちは探索のため、再び迷宮を訪れていた。

第一階層を抜け、第二階層にある下りの階段の前で隊列を整えると、ベルとフェル、美咲とアンナ、キャシーの順に階段を下りていく。

第三階層では大きな山の中腹に出た。

ベルが地図と首っ引きで現在位置を把握しようとしているが、目に入る範囲にはランドマークになるような目立つ地形がなく、苦戦していた。

やがてベルは地図の一点を指差した。

「地図上の現在位置は、多分このあたりだと思うんだけど、あの尾根の向こうを見ないと判断できない」

ベルの言葉に、美咲は尾根を見上げた。当然、登山道などは存在しないが、傾斜はそれほど急ではない。地面は細かい砂利が大量に積もっていて、とても歩きやすそうだとは言えないが、藪で足下が見えない状態ではない分、マシだと判断する。

「登ってみるしかないかな？」

「そうですわね」

ベルとキャシーが先頭に立って尾根への道なき道を登りはじめる。

美咲とアンナが息を切らせ、這うようにして尾根に辿り着くと、キャシーが片手を上げた。止まれ、の合図である。

「コボルトの大きいのが一体いますわ。距離があるから気付かれてはいません」

キャシーは囁くような声で言うと、美咲とフェルを呼び寄せた。

「見えますわよね。あのコボルトに魔素のラインで届きますか？」

キャシーの指差す方向を見ると、尾根の向こう側、少し下がった位置に平地があり、そこに第二階層のコボルトよりも一回りは大きなコボルトが立っていた。

コボルトは上を向いて、匂いを嗅ぐような仕草をしている。

「ギリギリ射程内だと思うけど。撃つ？」

「ええ、お願いしますわ」

「行くよ、フェル……魔素のライン！」

「氷槍！」

氷槍は一直線にコボルトに向かう。距離に対応しようと魔素のラインを細く絞ったため、速度は並の投げ槍と同程度で、離れていれば目で追えてしまう。飛んでくる氷槍を察知したコボルトは大きく腕を振り、氷槍を叩き落とした。

「どど、どうしようフェル」

いままでにない防御方法に美咲は上擦った声を上げる。

「大丈夫、効いてるよ」

フェルの言葉にコボルトに注意を向ければ、コボルトは氷槍を殴った腕を抱きかかえるようにしてしゃがみ込んでいる。

それなりのダメージは通っているようだ。

「もう一回魔素のライン引く？」

「お願い」

「わかったよ……魔素のライン！」

「氷槍！」

再度放たれた氷槍に反応したコボルトは、その場で立ち上がろうとする。しかし、その動作の途中で氷槍がコボルトの体を貫いた。

「やりましたわね……それでベル、現在位置はわかりましたか？」

「おう。あそこに平地があるってことは、現在位置はこの尾根で間違いない。おっと、下りてきた階段の場所を書いとかないとな」

ベルはそう呟きながら地図に鉛筆で書き込みを入れていく。

「キャシー、コボルトの魔石を回収しよう」

「ちょっと待ってくださいませ。せっかく尾根の上にいるのだから、下り階段や安全地帯がないか、よく眺めてから移動しましょう」

平地まで下りようとするフェルを押しとどめ、キャシーは尾根の上に立ち、四方を見渡した。

「それもそっか」

フェルも尾根の上に立って、あたりを見回す。

「なにも、ありませんわね」

「そうだね。ミサキ、そっちはどう？」

「人工物らしいものは見当たらないね。でも、あっちにある岩場が気になるかな」

コボルトがいた平地のさらに向こう側に見える、岩でできた高台を指差す美咲の言葉に、ベルは手元の地図を覗き込んだ。

岩場付近は地図のほぼ中心にあった。

「このフロアの中心付近で、平坦になってる部分だな。行ってみてもよさそうじゃないか？」

「尾根からなにも見つからないですし、仕方ありませんわね」

「……その前に魔石を拾う」

アンナの指摘に頷くキャシー。

全員でコボルトがいた平地まで移動して魔石を回収すると、今度は岩の高台に向かって移動を開始する。

「地味に疲れるね」

一旦平地まで坂を下りて、そこから岩の高台までの坂を上りながら美咲が呟くと、フェルが頷いた。

「このフロアは山岳フロアだからね、上り下りが多いのは仕方ないよ」

「……ねぇ、フェル。さっきのコボルトさ、氷槍を叩いて避けたよね」

「距離があったから、魔素のラインを太くできなくて速度が遅かったし、遠くから飛んでくるものなら弾道を見切るのは難しくないからね」

「怖いね」

「なにが？」

「魔法を叩き落とせるなんて知らなかったよ」

「腕のいい剣士なら、結構できるらしいよ」

不意にベルが振り向く。

「俺も普通の氷槍なら叩き落とせるぜ。剣が氷みたいに冷たくなるからやりたくないけど」

「ベル、前を見ててくださいまし」

「わりぃ」

「……まあ、氷槍は氷でできた槍だからね。これが炎槍なら剣で叩き落とすってわけにもいかないんだけど、迷宮の中じゃあんまり使わないほうがいいらしいし」

「なるほど」

氷槍を叩き落とすような敵に遭遇してしまった場合はアブソリュート・ゼロあたりを試して、それでも駄目なら炎槍を使おう、と美咲は考え、黙々と坂道を上るのだった。

高台に到着した美咲たちは、警戒しながら周囲の探索を行った。

少し隊列を崩して手分けをして探索すると、アンナが高台の岩の陰に赤い石を発見した。

「安全地帯を発見した」

アンナが手を上げて全員を呼び集める。

早速、地図に安全地帯を書き加えるベル。

キャシーはその地図を横から覗き込みながら、次に目指す場所を検討しはじめた。

「もうひとつ高い尾根がありますわね。そこまで行かないと向こう側が見通せませんわ」

「そっちに行くなら、いっそ山頂を目指したらいいんじゃない？」

フェルが地図の一点を指差した。

地図でいうと随分と端のほうだが、そこからなら全体を見下ろすことができそうだった。

「なるほど。それもよさそうですわね」

「俺は直接こっちの尾根に行くほうが楽だと思うけど」

「直線距離は短いけど、上り下りがつらくない？」

「あー、言われてみれば確かにそうだな」

キャシー、ベル、フェルの三人が地図を指差しながら、ああでもないこうでもないと相談をしている間、美咲とアンナは周辺の警戒を継続していた。

美咲がそれに気付いたのは、ほんの偶然だった。

踏み台にちょうどいい大きさの岩があるからと、上に乗ってあたりを見回し、なにも発見できずに石から降りたときに、石の上部がごろりと転がり落ちたのだ。

何事かと振り向けば、そこには石でできた箱があった。

「え？　まさかアーティファクト？」

箱の中には、天辺に穴が開いた黒い半球状の物体が鎮座していた。

美咲はそれを取り出すと、キャシーたちに声をかけた。

「あー……みんなー、アーティファクト発見した」

「いくらなんでも、安全地帯のそばにそんなわけ……あら、本当にアーティファクトですわね」

美咲が持ち上げたアーティファクトを見て、キャシーは目を丸くした。

「俺、あのアーティファクト見たことあるぜ。確かミストの町の傭兵組合だったかな。用途は知らないけど」

「なんにしても鑑定待ちですわね……そうですわね、まだ時間は早いですから、一度山頂まで登って下り階段を探しましょうか」


美咲たちは山頂を目指して山を登りはじめた。

下から見ると、大したことのない山に見えたが、実際に登ってみると、下からは見えない凹凸があちらこちらにあり、その都度、美咲たちの体力は削られていった。

「フェルー、疲れたよー」

「頑張れミサキー。私も疲れたー」

「……私も」

小さな凹凸を越えたところでアンナが力尽きた。

「キャシー、ちょっと待って！」

後衛チームがダウンしたため、前衛チームもその場で休憩に入った。

美咲は収納魔法でしまっていた金剛杖を取り出し、アンナに手渡した。

「アンナ、これ使う?」

「これ、魔法の杖? じゃない?」

見慣れぬ杖の焼き印を見て、アンナが急に元気になった。

杖をあちこちから眺め、首を傾げながら美咲を質問攻めにしている。

「ミサキ、この焼き印の意味は? なんで杖にこんなマークを焼き印しているの? どこで手に入れたの?」

「ア、アンナ、元気になったね」

「体は疲れ果ててるけど、知的好奇心は別腹だから」

「別腹って使い方おかしくない? あ、そうだ、アンナ、ちょっと待ってて」

美咲は収納魔法で女神の口付けを取り出し、アンナの足に向けて使用した。

「どうかな。楽にならない?」

「疲れてはいるけど、足の痛みは取れた感じがする……回復魔法って、こんなことにも使えるの?」

「まあ、プラシーボ効果かもだけど」

「プラシー……なに?」

プラシーボは英語だが、医学の世界ではフランス語のプラセボ効果という呼び方をすることが多い。なお、日本語では偽薬効果という呼び方もする。

患者に薬理効果のない薬——効き目のない薬を与えたとき、患者がそれで治ると思い込めば、存在しない治療効果が出ることがあるというものだが、もともとはラテン語のプラケーボー——喜ばせる、という意味の単語に由来し、中世フランスにおいては、「治療困難な患者に実際には効果のない薬を与えることで苦しみを和らげること」と定義されていた。

だが、エトワクタル王国では、薬学はそこまで進んでいないため、まだ患者の思い込みなどで偽薬が効果をもたらすということは知られていなかった。

「とにかく、これで少しは回復したでしょ？　歩けそう？」

「……多分、大丈夫」

「それじゃ少し水飲んで、もう少し頑張ろ」

「……わかった」

山頂には、平地が広がっていた。

「さあ、下り階段を探しますわよ」

キャシーとベルは、山頂の縁から下のほうを見回しはじめる。しかし、

「……ゴメン、ちょっとしばらくは無理」

「私もちょっと休憩させてほしいかな」

「……無理」

フェル、美咲、アンナは山頂に辿り着くなりダウンして座り込んでいる。

「ミサキー、私も足に女神の口付け使ってほしいんだけど」

「ちょっと待っててね」

美咲はまず自分の足に対して女神の口付けを使い、痛みが治まったのを確認すると、フェルとアンナの足にも女神の口付けを使った。

「ありがとミサキ、確かに足の痛みが治まるね」

「……助かる」

「体力までは回復してくれないけどね」

女神の口付けを収納魔法でしまい、美咲が立ち上がる。

そして、その場でストレッチを始めた。

フェルは不思議そうな表情で、それでも美咲の動きを真似しはじめた。

「あー、これ、なんか効くかも。ミサキの踊り」

「踊りじゃないよ……ストレッチ……運動の前後にするといいんだけど……登る前にやっとけば……よかったよ」

美咲とフェルがストレッチをする横で、アンナは金剛杖に縋り付くようにして立ち上がった。

その場で数回、膝の屈伸をして、またペタリと座り込みながら山頂中央を指差した。

「キャシー、ベル、後ろ」

「なんですの?」

「どうした、アンナ?」

ふたりはアンナの指差すほう——頂上の中央付近を見て目を丸くした。

「階段、ですわね」

「ああ、気付かなかったよ」

下り階段は地面に空いた正方形の穴である。そのため、頂上に到達して横から眺めたときには見落としていたらしい。また、下の階層に繋がる階段が、このフロアで一番高い山頂にあるとは思ってもみなかったため、穴が目に入っていても、それが階段だと考えなかったのだ。

キャシーとベルは階段に近付き、それが階段に似た自然の地形ではなく、間違いなく階段であることを確認した。

「とりあえず地図に書き込んどく。けど、山の頂上に下り階段とはねぇ」

「意表を突かれましたわ。ミサキさん、フェル、歩けますか？」

「うん」

「もう大丈夫だよ」

「アンナは……まだ無理そうですわね」

「無理……」

生まれたての子鹿のほうがまだしっかりしてそうなアンナの様子を見て、キャシーはしばらく休憩すると宣言した。

「この程度の山でくたびれるなんて、私もこっちに来て運動不足になったかな。前は富士山にだって登ったんだよ」

「フジサン？」

フェルが首を傾げる。

「日本で一番高い山かな……こっち来てから、体育の授業がなかったから、運動不足になったんだろうなぁ」

「結構細かい凹凸があったから、それで疲れたんじゃない？」

美咲の言葉の意味はわからなくても、美咲が言わんとするニュアンスは伝わったため、フェルはそう言って美咲を慰めた。

「そうなんだけど、体力落ちたなぁって痛感したよ」

「前衛ができるベルやキャシーを基準にしたら駄目だと思うよ」

美咲と変わらない程度にグロッキーになっていたフェルは、そう言って笑った。


休憩開始から十分ほど経過した頃だろうか。

山頂から下を眺めていたベルが片手を上げて皆に注意を促した。

「こっちの下に魔物がいる。コボルトじゃない。狼みたいだ」

「……何匹ですの？」

「数は一、色は白だけど普通の白狼よりかなりでかい。キャシー、あの魔物の種類わかるか」

頂上の縁からそっと顔を出し、ベルが指差すほうを覗き込むキャシー。

しばらく観察してから顔を引っ込める。

「特徴から、多分、魔狼だと思いますわ。白狼より大型で危険な魔物ですわね。青の迷宮に出てくる魔物のなかではかなり強いほうだと聞きますわ」

「距離はかなりあるよな。尾根のこっち側を通れば、見付からずに帰れないか？　迷宮の外ならともかく、迷宮内で魔物と戦う理由なんてないだろ？」

迷宮の外であれば、強力な魔物を放置すれば近隣の住民に被害が出るかもしれないが、迷宮内なら放置したところで誰に迷惑がかかるわけでもない、とベルは撤退を提言した。

「ですわね。戦うのは必要最小限にしましょう。それにしても下り階段が頂上ですか……探索を続けるのなら、明日もこの山を登らないといけないんですのね」

キャシーの呟きに、アンナが絶望的な表情を見せた。

美咲たちは戦いを避けるため、魔狼を迂回して山を下った。

しかし、風向きが悪かった。

魔狼は美咲たちの匂いを嗅ぎ付けて跡を追ってきていた。

「キャシー、左後ろから魔狼。数は一」

後方を警戒していたアンナが魔狼を発見する。

体高にして二メートル、尾まで含めた体長四メートルを超える巨大な狼だ。

魔狼にしてみれば速足程度なのだろうが、その速度は美咲たちの全力疾走に近かった。

「ついてませんわね。アンナは一番後ろで魔法攻撃準備。場合によっては回復魔法をお願いしますわ。フェルとミサキさんはできるだけ遠距離から魔法攻撃を開始してくださいまし」

キャシーはそう指示を出すと、ベルとともに剣を抜いて魔狼と美咲たちの間に立った。

「フェル、行くよ！　魔素のライン」

「……氷槍！」

氷の槍が魔狼の体を直撃する。

しかし、氷槍は魔狼の毛皮を貫くことはできず、まるで雪玉のように弾け、その冷気で空気を真っ白に染めた。

「なんで！」

「……魔狼は魔法に強い耐性を持つ」

フェルの悲鳴にアンナが淡々と答える。

攻撃を受けた魔狼は全力疾走を始め、すぐに距離が五十メートルを切った。

「あれも生き物なんだから……フェル、魔素のラインにインフェルノを乗っけて」

「？　……そか、わかった」

美咲の言葉に頷くフェル。

それを確認し、美咲は再び意識を魔狼に向けた。

「……魔素のライン！」

「……インフェルノ！」

青い炎の槍が魔狼に向かう。

炎の槍は魔狼の頭部の毛皮で弾けたが、そのまま青い炎が魔狼の顔面を覆った。

目や鼻、気管を焼かれて魔狼が倒れる。

ズザザッと音を立てて魔狼が転がってくる。

「もう一発、今度は氷槍をお願い。魔素のライン！」

「了解、氷槍！」

接近した分、先ほどより二回りは太い魔素のラインが魔狼の首筋に伸びる。

太い魔素のラインに乗せられた氷槍は、直後、魔狼の首を貫く。

一呼吸おいて、魔狼の姿は光の粒へと変化した。

「……ミサキ、最後の、随分と魔素を注ぎ込んだよね。腕くらいの太さがあったよ？」

腕ほどの太さの魔素のラインは遠距離での美咲の切り札である。

一日に数発しか使えない奥の手を使った美咲に、フェルは驚きを隠せなかった。

フェルの言葉に美咲は少し疲れた表情で頷く。

「近付かれる前に確実に倒したかったからね。あんな大きな狼と接近戦したくないよ」

四つ足の獣なのに、顔の高さが美咲の顔の位置よりも高いのだ。もしも接近戦をするのなら、せめて大勢で縄をかけて動きを封じ、遠くから槍を投擲すべきであるというのが、美咲が魔狼を近くから見た感想だった。

魔狼は、魔石と毛皮、牙を残していた。それらを回収し、キャシーとベルが戻ってくる。生きていたときは白い毛皮だったが、キャシーの腕の中の毛皮は少し銀色がかって見えた。

「フェル、さっきのインフェルノ、いい判断でしたわ。迷宮で火は使うなと言いますけれど、時と場合によりますものね」

「あはは、ミサキの指示だよ」

「……またなにもする暇もなかった」

「アンナの知識がなければ、もう少し時間がかかっていたと思うよ。よく知ってたね？」

美咲の言葉に、アンナは少しだけ自慢げな顔を見せた。

「魔法協会で勉強した」

「本当に助かったぜ。俺たちも、あんな速くて大きな魔物とは接近戦はしたくないからな」

隊列を整えた一行は、再び第二階層に続く上り階段を目指して歩き出した。


そのあと、何事もなく地上に帰還した美咲たちは、鑑定屋にアーティファクトを持ち込んだ。

受付でキャシーがアーティファクトを取り出すと、受付の女性の目の色が変わった。

「あの、鑑定をお願いしたいのですが」

「アーティファクトはその半球状のものですね……あ、失礼しました。鑑定費用は一律千五百ラタグです。よろしいですね？　はい、それではお預かりします。少々お待ちください」

受付の女性はアーティファクトを受け取り、後ろを振り向くと、アーティファクトをそのまま後ろの窓口に持っていった。

「この前と違うね？」

前回は後ろの籠にアーティファクトを入れただけだったのに、今回はわざわざ手で持って運んでいる。

その違いに気付いた美咲がフェルに囁く。

「大きくて籠に入らないいんじゃない？」

「でも、受付の人も後ろの窓口で待ってるよ？」

「……もしかしたら当たりなのかも」

「そしたら俺は、うまいものが食いたいな」

待つこと数分、受付嬢が戻ってきた。

大きめの籠にアーティファクトと、一枚の紙が入っている。

「千五百ラタグいただきます。こちらがアーティファクトの詳細です……よろしければ当店の店主がお話をしたいと申しております」

代金と引き換えに、アーティファクトと紙を受け取ったキャシーは、聞くだけなら問題はないかと頷く。

「仲間と一緒でよければお伺いしますが」

「もちろん問題ございません。それでは少々お待ちください」

受付嬢は受付のカーテンを閉めると、窓口のカウンターを迂回してキャシーの前まで歩いてきた。

「お待たせしました。こちらになります」

受付嬢に案内され、美咲たちは施設の奥、高級そうな扉の前まで移動する。受付嬢が扉をノックすると、すぐに扉が内側から開かれた。

扉を開けたのは、メイド服を着た若い女性だった。

そして扉の正面には、美咲がこの世界で初めて見る、眼鏡をかけたふくよかな年配の女性が待ち構えていた。

「ようこそ、私が鑑定屋の主人、リネットです。今日は珍しい出物があったと聞き、お話をさせていただきたく……おおっ！　それはまさしく！」

「キャシーです……って、ええ？」

リネットはキャシーが持つアーティファクトに顔を近付けると、アーティファクトを舐めるように観察しだした。

「これはまさしく……うん。よろしければこのアーティファクト、当店にお売りいただけませんかな？」

リネットは、キャシーにそう切り出した。

キャシーはアーティファクトの値段と機能が書かれた手元の紙に目を落とす。そして、その紙をそのままベルに手渡した。

ベルの手元の紙を美咲たちも覗き込み、アーティファクトの諸元は美咲たちに共有された。

今回見つけたのは、狼煙のアーティファクトだった。

「ふたつ、お聞きしてもよろしいですか？」

キャシーの問いにリネットは笑顔で頷いた。

「勿論です。どうぞ」

「狼煙の魔道具があるというのは知っています。その狼煙の魔道具と、このアーティファクトの違いについて教えてください」

白狼騒動や飛竜騒動のときに、白の樹海の砦で使用され、ミストの町に魔物あふれを伝えたのが狼煙の魔道具である。

普通に火を焚いて煙を出すよりも高くまで拡散せずに真っ直ぐに、しかも色付きの煙を出すことができるそれは、ミストの町と砦の連絡を可能としている。

「このアーティファクトは狼煙の魔道具よりも太い煙が、より高く真っ直ぐに立ち上ります。つまり、より遠くから視認できるのです」

「なるほど……それではふたつ目です。私たちがここでお売りするメリットはなんですか？」

「正直に申し上げるとほとんどございません。金額面では他店でお売りいただいた場合より若干色を付けることができますが、その程度ですね」

「そうですか。金額をご提示いただいたうえで、仲間と相談したいと思いますが、よろしいですか？」

「勿論です。なんでしたら他店で見積もりを取っていただいても構いませんよ。鑑定紙を貸してください」

キャシーが鑑定結果の紙を渡すと、リネットはその裏面に金額を記入してキャシーに返した。

（あれ？）

美咲はそこで違和感に気付いた。

鑑定で受け取った紙が綺麗すぎたのだ。それはまるで上質紙のようだった。

「あ、あの。もうひとつ質問いいですか？」

「どうぞ」

美咲の質問に、リネットは笑顔で答えた。

「この鑑定紙に使ってる紙は、どこで買えるんでしょうか？」

「目の付けどころがいいですね……この紙は鑑定のアーティファクトが作り出したものです。売り物ではありませんよ」

「なるほど……ありがとうございました」

「それでは、隣室を空けておりますのでご相談はそちらでどうぞ」

「ええ、少々お時間をいただきますわ」


隣室に案内された美咲たちは、顔を突き合わせて鑑定結果の紙に記述された金額を見ながら相談していた。

「ここで売れば五十五万ラタグ、よそではこの鑑定を信じるなら五十四万ラタグということですが、どうしましょうか？」

「俺はここで売ってもいいと思うぜ。高く買ってくれるんだろ？」

ベルはリネットの出した条件で売るに一票を投じた。

「……なぜそこまでの値が付くのかわからない」

アンナは首を傾げる。

「リネットさんが言っていたのが答えですわね。このアーティファクトの煙は、狼煙の魔道具の煙より遠くから視認できるのです。連絡ができる距離が延びれば、町や村、砦の建設位置の自由度が上がりますわ。不利な位置に建設しないで済むようになれば、工期も工費も圧縮できますから、十分に元は取れるでしょうね。それに最近はありませんけど、もしも戦争になれば、重要な戦略物資になりますわね」

「私はこの金額ならここで売っちゃっても構わないな、ミサキは？」

フェルは提示された金額で満足していた。

美咲の換算で、日本円にして五百五十万円である。ひとりあたり百十万円。一日の稼ぎとしては十分という考えだ。

フェルに問われ、美咲は腕組みをして考え込んだ。

キャシーの言葉を聞くまでは売却に賛成だったが、戦略物資という単語に引っかかりを覚えたのだ。

「戦略物資を売るのって抵抗なくない？」

「なんで？　戦争なんてもう百年以上もしてないよ？　新しい町を作るのに利用されるだけならいいんじゃない？　それに戦略物資とか言ったら、食料も鉄も、なんなら魔物の素材や魔石なんかも戦略物資だし、いまさらだよ」

「そっか、戦争してるわけじゃないんだっけ。なら売っちゃってもいいか」

将来的に軍事利用される可能性があるとしても、直近で平和利用されるのならいいか、と美咲は頷いた。

「ベルとフェル、ミサキさんは売る。ですわね？　アンナはどうなんですの？」

「高く売れるならそれでいい」

　アンナの返事を聞き、キャシーは静かに目を閉じた。

「それでは五十五万ラタグで売ることにしましょう……それでこのあとですが、十分な収入を得ましたが、まだ迷宮に潜りますか？」

「俺はどっちでも構わないぜ。潜るんなら付き合う」

「ベルは保留ですのね？」

「まあな。これだけ収入があれば帰ってもいいけど、みんなが潜るんなら付き合うし」

　傭兵が迷宮に潜る目的は多くの場合、アーティファクトを入手しての一攫千金である。大金を手にした傭兵がなにをするのかと言えば、農地を買ったり商売を始める元手にして、傭兵を引退して安泰な生活を手に入れるのである。

　その目的からすると、五十五万ラタグを五人で山分けしても、老後を保障する金額には届かないが、それでも中堅といわれる緑の傭兵の収入を休日込みで日割りした額が六百ラタグ前後であることを考えれば、十一万ラタグというのは半年分の収入に匹敵するのだ。それだけの収入があれば、まだ老後まで時間のあるベルたちにとっては、十分な稼ぎといえた。

「……山登りはもう嫌」

「アンナは帰るに一票ですわね」

「私ももう迷宮はいいかな。もともと、一度は迷宮に潜ってみたいって興味本位だったし」

「フェルも帰るに一票ですか」

美咲に全員の視線が集まった。

「……え、私？　そうだね、できれば迷宮内で一泊してみたかったかな」

美咲の目的は、もしかしたらあるかもしれない白の迷宮探索の下準備である。青の迷宮で経験できることは経験しておきたかった。

「そういえば、安全地帯での野営は未経験でしたわね……わたくしもそれは経験してみたいですわ……票が割れてしまいましたわね」

「それなら、迷宮内で一泊だけしてみようぜ。第二階層で一泊なら、山登りなしで行けるし」

「……それなら潜ってもいい」

「フェルもいいかしら？」

「ん。構わないよ。第二階層の敵なら魔法で蹴散らせるし」

キャシーは大きくひとつ頷いた。

「それでは、まず、このアーティファクトをリネットさんに売却いたしましょう。迷宮で夜を明かすのが目的ですから、その足で迷宮に向かいますわよ」


迷宮の第二階層に下りると、そこはすでに夕暮れだった。

「この空ってどういう仕組みなのかな」

天井を見上げてフェルが呟く。

美咲は空を見上げ、視線を移して四方を見渡してみた。

西の空に夕日が沈みかけており、東の空はもう暗くなりはじめていた。

それどころか、空には僅かながら星々が煌めいていた。

作りものとは思えない、実に自然な空がそこにはあった。

「仕組みがわかって、再現できれば、アーティファクトの比じゃない儲け話になるんだろうね」

「ほら、急ぎますわよ」

光の杖を掲げながらキャシーが美咲たちを急かす。

「暗くなる前に安全地帯に到着しないとな……安全地帯はこっちだ」

ベルが地図を見ながら先導する。

小さな丘をいくつか越えたあたりで日は完全に落ち、光の杖の周囲以外は暗闇に包まれた。

「星明かりがあるとはいえ、結構暗いですわね」

「こりゃ、魔物がいても、近付くまではわからないな」

「……ベル、そういうこと言うと出てくるから」

「とにかく急ぎましょう。ベル、方向は合っていて？」

「ああ、その丘の向こうが安全地帯だ」

丘を登り切った一行の前に安全地帯の赤い石柱が現れた。

しかし、その手前には三体のコボルトがいた。

コボルトも、まさか突然丘の向こうから人間が出てくるとは思っていなかったのだろう。しばらく至近で向かい合ったまま動かなかった。

「……ひ、氷槍！」

「そか、氷槍！」

「……氷槍！」

フェル、美咲、アンナの氷槍がコボルト目がけて発射される。

と、同時にコボルトも我に返って動きはじめた。

次の瞬間、フェルと美咲の氷槍はコボルトの体を貫いた。

しかし、アンナの狙いはコボルトが動いたことで外されてしまう。

ベルとキャシーは剣を抜き、襲いかかってくるコボルトを迎え撃つ。

残り一体となったコボルトは、あっさりとふたりの剣に貫かれた。

「びっくりしたね」

コボルト三体が光の粒になったのを確認し、美咲が安堵の溜息を漏らす。

「暗くなって急いでたからね。警戒が疎《おろそ》かになってたかな」

フェルも小さく溜息をつく。

コボルトは魔石のほかに鉄製と思しきナイフを残していた。

それらを拾い集めたベルは、安全地帯に足を踏み入れる。

「安全地帯のすぐそばで遭遇とか、運が悪かったな」

「とにかく安全地帯に到着ですわ。雨は降ってませんけど、野営の練習ですから天幕を張りますわよ」

キャシーの号令で、一行は野営の準備を始めた。

天幕は三人で一張りなので、前衛組と後衛組に分かれて天幕を組み立てる。

ほどなくして三角形のテントが二張り、安全地帯のほぼ中央に組み立てられた。テントの周囲に穴を掘ったりはしていないので、雨が降ればテントの底の部分から水が染み込んでくる可能性もあるが、それを指摘できる者はここにはいなかった。

「食事の準備は任せて」

アンナは収納魔法から携帯コンロの魔道具と水の魔道具と小鍋、干し肉に乾燥野菜、黒いパンを取り出す。

干し肉を細かく刻み、小鍋にお湯を沸かすと、干し肉を茹でる。

ある程度、水に色がついたところで乾燥野菜を入れる。

それをしばらく茹でれば完成である。

「……できた」

各自の器にスープをよそい、固いパンを渡すと、アンナは完成を告げた。

「それではいただきましょう、感謝を」

「「感謝を」」

固いパンを力任せにちぎってスープに浸し、それを食べる。

お世辞にも美味しいとは言い難いが、腹は膨れる。

作ってもらった食事に文句を付けることもできず、美咲はかなり無理をしてそれを食べきった。

そして、誰もその食事に不満そうにしていないのに気付き、これが普通なのだと理解した。

「さて、それでは二交代制で睡眠を取りましょう。五人いるから、ひとりは朝まで寝てて構いませんわ」

「あの、私は夜の見張りって経験ないからやってみたいです」

美咲が手を挙げる。

「なるほど。ほかにやりたい人は？　いないみたいですわね。それじゃくじ引きで決めますわよ」

あらかじめ用意してきていたのだろう。キャシーは四本の棒を差し出し、抜くように言った。

「それじゃ俺から……赤だ」

ベルは赤い棒を引いた。

「……赤」

アンナも赤だった。

「私はこれっと、青だね」

フェルは青を引いた。キャシーは手を開き、残った棒を皆に見せる。

「わたくしが色なし、朝まで休ませていただきますわ。青を引いたフェルがミサキさんと早番ですわね」

「早番ってことは、先に見張りってことだよね？」

「ええ。それじゃよろしくお願いしますわ」

見張りといっても、迷宮の安全地帯の中のことである。地上で行うように焚き火を焚いたりしないし、定期的に見回ったりもしない。魔道具の灯りのそばで魔物が近付いてこないかキョロキョロしているだけである。

美咲とフェルは、時折周囲を見回しながら、取り留めのない会話をしていた。

「そういえばフェル、迷宮の中は魔素が濃いみたいなこと言ってなかったっけ？」

「ん？　外よりは濃いね。迷宮は女神様が創った世界だから、外とはいろいろ違いがあるんじゃない？　空だってあんなに綺麗だけど、絵みたいなものだって聞くし」

空を見上げるフェル。その視線の先には美しい星空が広がっていた。

「星空かぁ……あ、そういえば遅番との交替のタイミングってどうやって計るの？」

「今日のところはこれかな」

フェルは足下の線香を指差した。

「これが燃え尽きたら交替ね。星を見て時間を計るやり方もあるけど、天気次第だからね」

「それ、虫除けじゃなかったんだ……なるほど。それじゃ」

雨のときは星が見えないし、線香も使えないよね、と美咲が聞こうとすると、

「……静かに！」

フェルが囁いた。

しばらく静かにしていると、ガサガサと草を掻き分けるような音が聞こえてくる。

「コボルトかな？　音からすると数は一か二。もう少し接近するまで待とう」

「みんなを起こさないの？」

「手に負えなければ起こすけど、二体くらいなら接近してきたところを魔法で倒せるでしょ？」

　フェルは予備の光の杖を起動し、安全地帯を出ないように気を付けながら、足音が聞こえたほうに近付いていく。

　すると、闇の中に煌めく光が見えた。コボルトの目が光を反射したのだ。

　それを見た美咲は、夜行性の動物は目の中に輝板《タペタム》という層があり、それを用いて光を増幅するから暗視能力に優れるが、代わりに視力はそれほどよくないという話を思い出した。

（コボルトも視力はそんなによくないのかな？）

「いた……一匹かな？　安全地帯の性能を見るために、接近させてみよう」

「大丈夫？」

「ミサキがいれば、たいていの魔物は怖くないよ」

　次の瞬間、コボルトがフェルに襲いかかろうとして、見えない壁に弾き返された。

　コボルトはその場で頭を振り、再び美咲たちのほうに向かって走り出し、再度、壁にぶつかる。

　安全地帯に侵入されたら左手の籠手で受け流そうと構えていたフェルは、それを見て安堵の息をついた。

「はぁ……なるほどね、こうなるんだ。うん、実験終わり。ミサキ、行くよ。氷槍！」

「え？　ひょ、氷槍」

フェルの放った氷槍がコボルトの胸を貫く。

コボルトが光の粒と化し、一拍遅れて放たれた美咲の氷槍は、そのまま暗闇に消えていった。

「いちおう周囲を警戒してっと」

フェルは周りを見回すと、小走りにコボルトの消えたあたりに向かい、魔石と金色のなにかを拾って帰ってくる。

「なんか落ちてたよ」

「金色だったよね？」

「これなんだけどね。ナイフ？　短剣かな？」

フェルが差し出したのは金色の短剣だった。

「金色の武器って珍しいね。値打ち物かな？」

「こんな浅い層でそれはないと思うけど、明日、道具屋で見てもらおう」


線香が燃え尽きたところで、フェルはアンナとベルを起こしに行った。

交替要員が来るまではひとりになるからと、美咲は光の杖を掲げて安全地帯の四本の石柱の間を巡回する。

「ミサキ、なにしてるんだ？」

ベルが眠そうに目を擦りながら天幕から出てきた。

「いちおう、警戒のつもり。あ、一回だけコボルトが襲ってきたよ」

キャシーを起こさないように美咲が囁くと、ベルは頷いた。

「ん、フェルに聞いた。警戒は引き継ぐから、美咲たちはもう寝なよ」

「そうする。光の杖、渡しとくね」

「ん……アンナは……あ、起きてきたか」

アンナとベルが出てきた天幕に入ると、フェルがマントを着て横になっていた。

「ミサキ、お休み」

「うん、お休みなさい」

美咲もマントを収納魔法から取り出して、毛布代わりに包まると、フェルの隣で丸くなり、慣れない環境で眠れるだろうかと心配しつつも微睡んでいった。


翌朝、美咲は、朝食は自分が作ると立候補した。

「ミサキ食堂のようにはいかないけど、それなりの食料は準備してるから」

美咲は収納魔法から缶詰と、エリーたちが来てからミストの町のパン屋で買うようになった焼き締めていないパンを取り出した。

「甘いのが好きな人はサンマの蒲焼、塩味が好きな人はツナ缶がお薦めかな。味は濃いめだから気を付けてね」

水の魔道具から鍋に水を注ぎ、コンロの魔道具で湯を沸かす。

鍋にはティーバッグを放り込んで人数分の紅茶を一気に作る。

「ミサキ、そのパン大丈夫なの？」

フェルが不安げに聞いてくるが、美咲はその口元にパンを押し当てた。

「私の収納魔法は、時間が止まってるから焼き立てのままだよ」

パンを一口齧ったフェルは、その柔らかさに目を瞠った。

「……温かい……え？　なに、時間が止まるって？　そういえば、前にお湯が冷めないとか言ってたっけ？」

「とりあえず朝ご飯の準備ができたからみんな食べよう」

各自に缶詰とパン、紅茶が行き渡ったのを確認し、キャシーが頷く。

「……言いたいことはいろいろあると思うけど、まずはいただきましょう。感謝を」

「「感謝を」」

安全地帯に紅茶の香りが漂う。

「うわ、ほんとに焼き立てみたいだな」

パンを手に取ったベルが、驚いたような表情でパンをちぎって口に運ぶ。

「まだ温かいでしょ？　あ、みんなは缶詰は開け方知ってるよね？」

雑貨屋アカネで売られているため、全員、缶詰には馴染みがあった。

もっとも、みんな売れ筋のフルーツ系の缶詰を食べた経験があるだけで、こうしたおかず系の缶詰を食べるのは初めてのようだ。皆、缶詰の味の濃さに驚きつつも、目を丸くしている。

「……紅茶、お代わり」

アンナからのリクエストで、美咲は鍋からカップに紅茶を注いだ。

「ありがとう」

「どういたしまして。みんなも紅茶、まだあるからね」

「それではいただきますわ」

「はーい……どうぞー。あ、パンも足りなかったらまだ買い置きあるから」

「俺、パンお代わり」

「ミサキ、私も」

美咲は皿に盛った状態のパンを取り出し、中央に置いた。

「はいどうぞ。全部食べちゃっていいからね」


食事が終わり、鍋や天幕を片付けると、アンナとフェルが美咲に詰め寄った。

「……ミサキの収納魔法はおかしい」

「なんで時間が止まったりするのか、説明してほしいんだけど？」

ふたりを、まあまあと宥めながら、美咲は以前自分なりに分析した収納魔法のイメージの違いを説明した。

「最初に収納魔法を使ったときのイメージがね、時空連続体の一コマを切り取るってものだったんだよね」

「ジクウ？　なに？」

「待ってアンナ、ミサキがこういう説明するときは、たいてい理解できないことを言うよ」

「時空連続体は時間軸に沿って三次元空間が連続した、要はこの世界そのものね。その一コマの中では時間は経過しないから入れた物の時間が停止するんだ」

「ほら……」

「……時間と空間？」

フェルは溜息をつき、アンナは首を傾げた。

美咲は時空連続体の概念について、知りうる限りのことを説明したが、ふたりには理解してもらえなかった。美咲が最初に説明すべきだったのは、一次元、二次元、三次元という概念だった。

結果、美咲の収納魔法は小川に調べてもらうべきという結論に至った。

「私はどっちでもいいんだけどね」

「……魔法学の発展のために貢献すべき」

「ミサキの収納魔法については、私もそう思うよ。魔法協会に報告しようよ」

「まあ、小川さんが暇そうにしてたらね」


食事を終えた美咲たちは地上まで一気に抜け出した。

「まず、ドロップ品を売ってしまいましょうか」

キャシーの言葉にベルは頷いた。

「そうだった。魔狼の毛皮と牙とかもあったよな」

「あ、夜間、コボルトが出てきてドロップあったよ」

美咲がそう言うと、フェルはドロップ品を取り出し、美咲に手渡した。

「そうそう、これこれ。金の短剣だよね」

「金色の、ね。金にしては軽すぎると思うよ」

フェルにそう言われ、美咲は手の中の短剣の重さを計るように、短剣を持った右手を上下させた。

日本では金に触れる機会などほとんどなかったが、こちらの世界に来てからは金貨に触れ、なんとなくその重みを覚えていたため、ナイフが体積の割に軽いような気がする、と判断する。

「んー、言われてみると軽いかも？」

「真鍮じゃない？　道具屋行けばわかるよ」

「そっか、そだね」

道具屋というのは、傭兵組合の買取窓口の出張所だった。アーティファクト以外の各種素材を売りにくる傭兵があまりにも多いため、傭兵組合の外に買取窓口専門の建物を作り、そちらで迷宮に必要となる品物の売買も行うため、道具屋と呼称されている。

道具屋に着いた美咲たちは、ドロップ品と魔石の買取を依頼した。

どのドロップ品もそれほど珍しいものではなかったらしく、すぐに値が付けられていく。

「金の短剣が六百ラタグ……真鍮だったみたいだね」

美咲が肩を落とすと、店主兼傭兵組合の職員が笑いながら答えた。

「これは贋金の短剣さね。真鍮って見立てで正解だよ」

ドロップ品と魔石を売り払うと、合計で十四万三千六百ラタグになった。

「魔狼は滅多にドロップしないからね。あんたら運がいいよ」

代金を受け取って山分けにすると、一行は道具屋をあとにした。

「さて、それでは王都に戻りましょう。この時間ならまだ乗合馬車があるでしょうし」

ネルソンの町と王都の間を繋ぐ乗合馬車は、日に数便出ている。

いまからなら昼の便に間に合うだろうとキャシーが提案すると、夜の迷宮で疲れていたため、皆もそれに賛同し、寄り道もせずに王都への馬車に乗り込んだ。

馬車では全員、昨夜の疲れからか、すぐに眠りに落ちる。

ガタガタと揺れるその振動すら、心地よい子守歌になっているようで、王都に到着するまで、全員、熟睡するのだった。

三章　アーティファクト

美咲たちが乗った馬車が王都に到着したのは夕刻を過ぎ、空が暗くなりかけている時刻だった。

さすがにこの時刻から押しかけたのでは、夕食や部屋の支度に不都合があるだろうとの意見から、リバーシ屋敷への投宿は見送られた。

迷宮と往復する馬車が停車する付近だけあり、停留所の周囲には数軒の宿屋が軒を並べていた。

それらを眺め、キャシーはベルに声をかけた。

「ベル、どこがいいかしら？」

「俺の勘だと、あそこの黄金の実亭がよさそうだな」

「それではそこにしましょう」

ベルの意見に対する異議が一切出なかったので、美咲は首を傾げた。

勘だけで決めてしまってもよいものだろうか、と。

そんな美咲の疑念に気付いたアンナが、美咲の肘を後ろから引っ張る。

「……ベルの勘で泊まった宿の食事は、たいてい大当たり」

「そうなんだ？　なんで迷宮の町ではそうしなかったの？」

「高く付く場合もあるから。でも今日はみんな懐が温かい」

なるほど、と納得顔の美咲に、アンナは付け加えた。

「ベルは美味しいものが大好きだから」

「俺だけ食いしん坊みたく言うなよ。みんなもうまいものは好きだろ？」

「ですわね。ほら、喋ってないで早く行きますわよ」

黄金の実亭は、それなりに値が張りはしたが、料理の味は文句なしだった。


翌日、美咲とフェルはアーティファクトの売買を行っている店を訪れた。

なお、アンナ、ベル、キャシーは別行動でリバーシ屋敷に向かっている。

美咲が窓口に座っていた青年にスマートフォンもどきを取り出して見せ、同じものがないかと尋ねると、すぐに寸分違わぬアーティファクトを持ってきた。

「おいくらですか？」

「三万ラタグだよ……そんな目で見るなよ。こっちも商売なんだ。店舗での販売価格が買取価格より高いのは当然だろ？」

鑑定屋の買取価格は二万ラタグだったのに、と、美咲が納得がいかないといった表情で青年を睨んでいると、フェルが横から口を挟んできた。

「もう少しまけてよ」

「アーティファクトは国が値段を決めてるんだ。そんな勝手はできないんだよ」

「ちぇ、ミサキ、どうする？」

「うん。確認したいことがあるから買っていくよ。起動するか確認してもいい？」

「ああ、それくらいならどうぞ」

美咲はアーティファクトを起動し、起動アイコンが同じであることを確認すると、納得して青年に金貨を三枚支払った。

「フェルはなにか用事ある？」

「別にないよ。リバーシ屋敷に行こうか」

「そだね」


「美咲ちゃん、いいところに戻ってきたね」

リバーシ屋敷でリビングに美咲とフェルが顔を出すと、小川がそう言って迎えた。

リビングには小川とアンナがソファに座っていた。

「どうしたんですか？　あ、フェルは部屋で休んでてね」

「うん。それじゃまた」

フェルはあくびを噛み殺しながらメイドに案内され、リビングをあとにした。

それを見送ってから、小川は、

「いやね、アンナ君から美咲ちゃんの収納魔法が異常だって聞いてね。見せてもらえるかな？」

と切り出した。

「えーと、いまは特に温かい物も冷たい物も収納してないんですよね」

「それじゃ、しばらくこれを収納しておいてもらえるかな」

小川は手に持っていたティーカップを美咲に手渡した。

「それじゃ、適当なところで声をかけてください。十分くらいしまっておけばいいですかね？」

そう言って美咲はティーカップを収納魔法でしまった。

そして、アーティファクトを取り出して小川に差し出した。

「小川さん、待ち時間でちょっと見てもらいたいものがあるんです」

「なにかな？　それはスマホかい？」

「いいえ。アーティファクトです」

「どう見てもスマホだよね……どれ」

小川はアーティファクトを受け取ると、電源ボタンに相当するボタンを長押しして起動させた。

「へえ、見たことのないアイコンが回ってるね」

「起動画面だと思います。しばらくすると画面が切り替わります」

「オガワ先生も使い方を知ってた……」

アンナは目を丸くして小川がアーティファクトを操作するのを見詰めている。

「鑑定ではカメラって言われたんですけど、どう見てもそれ以外の機能がありますよね」

「茜ちゃんがここにいてくれたらよかったんだけどね。これ、通話できないかな？」

「そう思って、もう一台買ってきました。一台三万ラタグです」

「三十万円相当か。でも、もしも通信機能があるなら、少なくともその百倍の価値があるけどね」

この世界における、遠隔地への通信方法の最先端は狼煙である。

そんななか、もしもこのアーティファクトに遠距離間の通信機能があったりしたら大発見である。

これが普通のスマホであるなら、基地局なしでは大した意味を持たないが、仮にもアーティファクトである。基地局が必要などという常識に捉われない可能性がある。

美咲はもう一台のアーティファクトを起動し、歯車のアイコンを押してみた。

「……電話番号、どれだろう？」

「自分の番号かい？　多分、設定アイコンの中にあると思うけどね……これかな？」

小川はアーティファクトを操作し、画面を美咲に見せた。

「電話番号っていうよりシリアルコードみたいですね。〇〇〇〇〇九九〇一っていうのが電話番号ですか？」

「試しにかけてみてよ。アイコンは多分これ」

小川が指差したのは緑色の受話器マークである。

「まあそうでしょうね……えーと」

美咲が画面を操作する。すると、小川の手の中のアーティファクトがメロディを奏で出した。

「……なに？」

アンナがビクリと反応した。

「……電話、取るよ」

「はい」

小川が画面を操作して電話を取る。

『もしもし』

　アーティファクトを耳に当て、小川が応答すると、美咲の手元のアーティファクトから僅かに遅れて小川の声が漏れ聞こえてきた。

「はい、通信できてるみたいですね」

『できちゃったね。あとの課題は通信距離だね。王都とミストの間でも使えるとしたら大変な発見だよ』

「あー、その実験をするなら、もう一台買ってこないと駄目ですね。通話ができたら一台は茜ちゃんにあげようと思ってたんですよ」

『こっちでも何台か買っておくよ。後日、ミストの町まで繋がるかどうか電話かけてみるから』

「わかりました……アンナも話してみる？」

　美咲が、アーティファクトを使って話すのをまじまじと見ていたアンナに問いかけると、アンナは勢いよく頷いた。

「ここを耳に当てて」

「……こう？」

『アンナ君、聞こえるかい？』

「は、はい、アーティファクトからオガワ先生の声が聞こえました」

　アンナはアーティファクトと小川の顔を交互に見ながら、いま起きたことを頭の中で整理しようとしていた。

「……声を伝えるアーティファクト？」

『そうだね。そして、多分相手が見えないくらい離れていても、声は伝わると思うよ』

そう言いながら、小川はリビングから出ていった。

そして姿が完全に見えなくなってから、アーティファクトから声が響いた。

『アンナ君、聞こえるかい？』

「聞こえます。聞こえてます、オガワ先生」

『僕は今、二階の廊下の端にいるんだ。通話距離が敷地内程度だったとしても便利だろうね』

アンナと通話しながらあちこち歩き回った小川は、通話を切り、軽く息を切らせながらリビングに戻ってきた。

「あとは通話距離だね。それによっては、この国は激変するよ……まいったね、美咲ちゃんには。こんな凄い発見をするなんて」

リビングに戻ってきた小川は、アーティファクトの画面を操作しはじめる。

「アプリストアみたいな機能もあるのが気になるね。拡張性があるのかもしれないよ？」

「それは私も気になって見てみたんですけど、コンパスみたいなのしかなかったんですよね。支払い方法も分かりませんし」

「そうなのかい？　まあ、いずれにしても、いまのうちに同じアーティファクトをいくつか押さえておきたいね」

通話可能距離にもよるが、通話機能を公にすれば、このアーティファクトは市場から姿を消してしまうだろう。小川としてはそうなる前に数台入手しておきたいと考えていた。

「私から情報公開するつもりはありませんから、公開のタイミングは小川さんにお任せします」

「そう？　助かるよ。いままでの褒章の賞金、ここで使い切ってもいいかもしれないね」

「お金儲けですか？　ほどほどにしないと、国から目を付けられちゃいますよ」

「いや、実際、買うとしても個人的には十台程度だよ。魔法協会内の連絡用と、広瀬君にも持たせたいし、研究資材としても確保したいからね」

「そうですね。広瀬さんだけ持ってないと拗ねちゃいますね。あ、アンナも買っておくといいよ。もしかしたら、小川さんとの連絡に使えるかもしれないし」

美咲にそう言われ、アンナは目をぱちくりさせた。

「離れていても声を伝えるアーティファクト。興味がある」

「狼煙のアーティファクトを売ったお金で買えるでしょ？　多分、小川さんが情報公開したら、とんでもない値段になるよ」

通話距離の限界は不明だが、小川が歩き回って、一般的な魔法使いの射程距離を超えても使えることはわかっている。仮にトランシーバー程度の距離が限界だったとしても、普通なら声が届かない相手と通話できることの利便性は計り知れない。

「みんなにも教えていい？」

「今回のパーティメンバーにだけならいいですよね、小川さん」

「そうだね。美咲ちゃんたちが持ち帰らなければ、スマホのアーティファクトだなんてわからなかったわけだしね」

「それ、買いに行くときの見本として貸しとくね」

美咲が、アンナが握ったままのアーティファクトを貸し出すと言うと、アンナはひとつ頷き、キャシーたちを呼びに二階に上がっていった。

「それでだ、美咲ちゃん。収納魔法のほうを見せてもらってもいいかい？」

「ああ、紅茶でしたね……はい、どうぞ」

美咲が収納魔法からティーカップを取り出して小川に手渡すと、小川はティーカップに口を付けて温度を確かめた。

「どれどれ？　うん熱い。全然冷めてないね。時間と空間がどうとかアンナ君に聞いたんだけど、どういうイメージなんだい？」

　美咲は、アンナたちにしたのと同じ説明を繰り返した。

　時空連続体の一コマを切り出して、そこにしまっているから時間の経過という概念がなく、温度は変化しないという説明だ。それを聞き、小川は首をひねりながらイメージを作ろうとしたが、すぐに無理だと諦めた。

　人間が認識できる世界は縦、横、奥行きという軸を持った三次元だが、その三次元の世界が時間という軸に沿って並んでいるというのが美咲のイメージで、そこまでは小川にも理解できたのだが、その一コマを収納魔法に使うという部分がイメージできなかったのだ。時空連続体は古いＳＦでは割と常識的な考え方で、二次元に時間を加えたものの例として、パラパラ漫画やフィルム映画が例示されることもある。だから美咲は無意識のうちにコマという表現を用いていたが、それが小川の理解を阻害していた。ちなみに時空連続体という呼び名は量子力学以降、古典的な名称となり、四次元多様体と呼ぶのが現在の主流である。しかし、美咲の知識は過去に読んだＳＦが基準であるため、それに気付くことができる者は、この世界には存在しなかった。

「一朝一夕では難しいかな。でも概念はなんとなく理解したよ……普通の収納魔法だと時間を含む時空間の一部を囲むイメージだからどうしても時間経過で熱が拡散しちゃうけど、美咲ちゃんのイメージだと時間経過がないから、温度変化や劣化が発生しないってことだよね」

「再現できたら魔法協会でレポートお願いします」

「うん。まあ、四次元だ時空だなんて言っても理解できる人はいないと思うけど、再現できるようなら連名で出しておくよ……それはさておき、僕はこれからアーティファクト屋に行ってくる。これ、見本として借りていってもいいかな？」

　小川が先ほど美咲から借りたアーティファクトを持ち上げながらそう尋ねると、美咲は頷いた。

「どうぞ、あとで番号を交換しておきましょう」

「そうだね。もしもミストの町と通話できたら便利になるだろうからね」

小川たちがアーティファクトを購入すると、美咲は全員と番号を交換した。

「微妙に使い方がわからないんだよね」

美咲はアーティファクトの画面を見て溜息をついた。アドレス帳に似た機能はあるのだが、電話番号の登録の仕方がわからないのだ。そのため、美咲は皆の番号を大学ノートに書き記していた。

見た目こそ地球のスマホに酷似しているが、操作方法には細かな差異があるのだ。アドレス帳の人名入力の方法はすぐにわかった。しかし、肝心の電話番号を入力する場所がわからなかったのだ。

試しにと、小川の名前を入力してみたが、その過程で電話番号は聞かれなかった。

アプリストアらしきアイコンも購入方法がわからず、いまのところ、コンパスに見えるアイコンのアプリがあることしか確認ができていない。

茜の鑑定で、もう少し詳細がわかるのではないかと小川は期待しているが、これぱかりは実際に鑑定をしてもらうまでは根拠のない憶測にすぎない。

皆がアーティファクトを購入した翌日の昼前くらいの時間帯に、美咲たちは護衛の依頼を受けてミストの町に向けて出発した。

なお、アンナはレポートに曖昧な部分があったため、小川に請われて屋敷に居残りとなった。

「今回は迷宮の経験も積めましたし、想像以上の収入と面白いものを手に入れましたから、大成功ですわね」

キャシーがそう呟くと、ベルは大きく頷いた。

「あのアーティファクト、きっと、これから手に入らなくなるぜ」

「みんなは予備は買ったの？」

美咲が尋ねるとキャシーだけ頷いた。

「わたくしは予備をふたつ購入しましたわ」

「合計三つってことは、九万ラタグ？　かなり使っちゃったね」

「このアーティファクトには、それだけの価値がありますわ。お父様にふたつ渡すつもりですのよ」

「……小川さんの発表まで待ってあげてね。ところで前から思ってたんだけど、キャシーっていいところのお嬢さんだったり？」

美咲の言葉を聞いてフェルが噴き出した。

「随分いまさらだね。キャシーの家名はミストだよ」

「ミスト？」

「ミストの町の代官がキャシーのお父さんって言えばわかるかな？」

「え、と、ビリーさん？」

美咲が唖然とした表情でキャシーの顔を見詰めると、キャシーは肩を竦めた。

「父からミサキさんのこととか、エリーちゃんのお話は聞いてましてよ。ルーシーが肖像画を描いてもらったと喜んでましたわ」

「うあ、知らなかった。教えてくれればよかったのに」

「自分から言うことでもないでしょう？　それにわたくしは傭兵になると決めたときから、家名は名乗らないように心がけてますの」

「なんで傭兵なんかに？」

「わたくしに魔法使いの才能があったからですわ」

帰途、単体《はぐれ》の白狼との遭遇が一度あったが、美咲の魔素のラインと、フェルの炎槍の組み合わせであっさり撃退し、一行はミストの町に帰ってきた。

南門は夜になると完全に閉鎖されるが、王都に近い北門は、馬車が来ると門番が門を開けてくれる。ミストの町に入ったところで依頼達成のサインをもらった一行は、馬車を降り、傭兵組合へと向かう。すでに空は真っ暗で、大通りにいくつか設置された街路灯だけが足下を照らしている。それを見ながら美咲は溜息をついた。

「予定では一カ月くらいのつもりだったのに、かなり早く帰ってきちゃったね」

「遅くなるよりはいいでしょ。あ、ミサキ、明日プリン食べに行っていい？」

「うん、用意しておくよ」

全員で傭兵組合に顔を出し、護衛の報酬をもらい、その日は解散となった。王都を出たのが昼前と遅めの時間だったので、この世界基準では深夜と言ってもいい時間帯になっている。

「もう寝ちゃってるよね」

ミサキ食堂の灯りは消えていた。

美咲は鍵を開けてこっそり店内に入ると、洗面所で歯を磨き、静かに自室に戻った。

「んー、みんなを起こしちゃうといけないから、お風呂は明日入ろう」

ベッドに横になった美咲は、アーティファクトを取り出すと、アドレス帳と思しきアプリを起動する。

「んー、人の追加はこれでできるんだけど、電話番号を登録するところがないんだよねぇ……」

美咲はアーティファクトの画面を触りながら呟いた。

アドレス帳のようなものはあるし、名前も登録できるのだ。ただ、そのアドレス帳には電話番号の欄がなかった。いろいろ試したときに、小川の名前だけは登録したので、ポツンと小川の名前が表示されている。

名前に触れると詳細画面が開く。

ふと思い付いて、名前に触れたまま、指を横に動《フリック》かしてみると、緑の通話ボタンが現れるが、ボタンに触れても反応はなかった。電話番号を登録していないからだろう、と美咲は推測した。

「電話番号、登録できるってことだよね。取扱説明書がないと難しいよ……ふわぁ」

しばらくいろいろと操作を試していた美咲だったが、旅の疲れが出たのか、アーティファクトを握りしめたまま寝落ちするのだった。

翌朝、アーティファクトからのコール音で美咲は目を覚ました。

受信を選択すると、小川の声が聞こえてくる。

『美咲ちゃん、おはよう。もうミストの町だよね？』

「小川さん？　あ、もう朝なんですね……こっちはミサキ食堂です」

『ああ、ごめん、もしかしたらまだ寝てたかな？　日の出から結構時間が経っているよ。それにしても本当にミストの町と通話できるとは。この世界が大きく変化しかねないね』

「まあ、連絡は便利になるでしょうね」

『あとは通話距離の限界を確かめておかないとね。これは忙しくなりそうだ』

「頑張ってください……この電話、私が呼び出したら増えるんですかね？」

『ん？　増えるだろうけど、同じ電話番号のアーティファクトが複数台になったら、通話では不具合が出そうだね』

「あー、それはそうですね。増やせたら便利そうだと思ったんですけど」

『まあ、あとで試してみなよ。もしも違う番号のが出てきたら教えてほしいな』

「わかりました」

『それじゃこれで切るよ。いろいろ試したいことができたからね』

「はい、それではまた」

　通話を終了すると、美咲はベッドの上で猫のように伸びをした。そして、入浴のために着替えを持って、一階に下りようと部屋のドアを開けたところで、ドアの前にいた茜とばったり出くわした。

「美咲先輩、帰ってたんですね。お帰りなさい。部屋から話し声が聞こえたからなにかと思いました」

「うん、ただいま……話し声はね、これ」

美咲は収納魔法から茜用に購入しておいたアーティファクトを取り出した。

「スマホですか？」

「んー、私はお風呂入ってくるから、鑑定で調べておいて」

茜にアーティファクトを押し付けると、美咲は若干寝ぼけた表情で階下に下りていった。

「鑑定で？　メーカーとか書いてないんだ。えーと……え？　マジですか？」

茜は『鑑定』でアーティファクトの使い方を理解し、起動した。そして、一階に下りてエリーの写真を撮影し、次いで電話をかけようとして、電話番号がわからないことに気付いて、手を止めた。

「もう一台あると面白いんだけどな……でも、これがアーティファクトですかー」

茜は厨房に入り、マリアに美咲が帰っていることを告げてから、美咲の分の朝食の準備を始めた。

　風呂から上がった美咲は、ドライヤーの魔道具で髪を乾かしつつ、茜の『鑑定』の結果を聞いていた。

「まず、名前ですけど、女神のスマートフォンでした」

「女神様のスマホ……面白い名前だね」

「ですね。それで機能なんですけど、カメラ、写真の閲覧、スケジュール帳、電話帳、通話、アプリストアです」

「あー、だいたい予想通りだね。でも電話帳とアプリストアの使い方がわからないんだ」

「そうなんですか？　電話帳はですね、こうやって使うみたいですよ」

茜は美咲に画面を見せながら操作をしてみせた。

「新規登録選択して、ここを横にスライドして、出てきた画面が入力画面になるんです」

「あー、そんな簡単な方法だったんだね」

「それとアプリストアですけど、これはポイント制です」

「ポイント？」

「女神様に祈りを捧げた回数分ポイントが貯まる仕組みなんだそうですけど」

「……真面目に言ってる？」

「はい」

美咲は肩を落とした。

「そんなことしなくてもお祈りくらいするのに」

「ですよねー。あ、美咲先輩、ドライヤー貸してください」

ドライヤーを受け取った茜は美咲の後ろに立ち、美咲の髪にドライヤーを当てはじめた。

「ありがと。あ、そのアーティファクト、茜ちゃんにあげるから」

「いいんですか？　ありがとうございます。一台じゃカメラにしかなりませんからねー」

「違うよ。みんな同じアーティファクト持ってるし。小川さんたちの分もあるから。今朝試したら王都と電話できたよ」

「電話って……え？　王都と話せたんですか？　凄いじゃないですか。あ、だから話し声が」

「あとでみんなの電話番号のメモを渡すから」

「はい。あ、髪の毛乾かし終わりましたよ。朝食の準備もできてます」

「うん、ありがとう。それじゃ、これがみんなの番号ね。私もみんなの番号登録したいから、終わったら戻してね」

美咲は収納魔法から取り出したメモを茜に手渡した。

「はーい、それじゃ先に登録しちゃいますね」

茜はそう言うと、食堂のテーブル席で、美咲の対面に座り、全員分の情報を登録しはじめた。

「それにしても遠距離で連絡できるアーティファクトですか。凄いですね」

「うん。研究したら小川さんが発表するって。市場では割とありふれたアーティファクトみたいだから、この世界の通信革命になるかもね。それじゃ、いただきます」

「……そだ、茜ちゃん、あとで小川さんに電話してあげて」

美咲は電話帳に登録する茜を眺めながら朝食を食べはじめる。

「おじさんにですか？　なんでです？」

キョトンとした表情で首を傾げる茜。

「そのスマホの鑑定結果と、電話帳の登録方法を教えてあげてほしいんだ」

「あー、電話帳使えないと不便ですからねー。わかりましたー」

茜が小川に女神のスマホの鑑定結果を伝えるのを聞きながら、美咲は朝食の後片付けをする。

美咲が皿を洗い終わる頃には、茜の通話は終わり、美咲のそばに寄ってきた。

「本当に王都と繋がるんですねー」

「便利になるよね。ところで、私が不在だった間、なにか変わったこととかなかった？」

「特にないですねー。お客さんの入りも普段通りです。それにしても随分と早く帰ってきましたね」

「うん、高価なアーティファクトを見付けてね」

「これですか？」

茜は女神のスマホに視線を落とす。

「ううん、狼煙のアーティファクト。五十五万ラタグで売れたんだ。だから、もう迷宮はいいかなって」

「狼煙ですか？　……でもスマホが普及したら、価値が大暴落しそうですね」

「そうだね。スマホは狼煙より細かい情報が伝達できるから、これからは白の樹海の砦とかには女神のスマホが配備されるかもね。小川さん、いつ頃公表するとか言ってた？」

「いいえ、とにかく使い方とか、いろいろ調べて報告書を書かないとって、興奮ぎみでしたけど」

まだ限界はわかっていないが、情報伝達という点で、少なくとも王都とミストの町を一瞬で接続してしまう道具である。

国のありようから変化しかねない大発見なのだ。興奮しないほうがどうかしている。

そして、そのどうかしているふたりは、といえば。

「美咲先輩、これから工房に行って、木でスマホケースを作ってもらうつもりなんですけど、一緒に作りますか？」

「あ、そうだね、大事なことを忘れてたよ。私も欲しいな、スマホケース。いくつか余計に作ってもらってもいいかな？」

と、このような状態であった。

工房へは茜が足を運んだ。

なんのために、という点についてはあまり理解されなかったが、木を撓《たわ》めてそこにスマホを嵌め込むという構造自体はすぐに理解してもらえたので、茜は色合いの異なる木材を使い、複数のケースを作ってほしいと注文をした。


「ケースは二、三日中にはできるそうです」

「早いね、無理とか言ってない？」

「大丈夫ですよー。親方も面白い注文だって喜んでましたから」

「それならいいんだけどね」

「美咲先輩、まだ食堂の開店まで時間ありますよね」

「ん？　そうだね、まだ早いかな。なんで？」

「女神様にお祈りしに行きましょう。ポイントどれくらい付くか気になりますし」

「あー、そうだね。時間あるし行ってみようか」

美咲は冷蔵庫から肉や野菜を適当に見繕ってトートバッグに入れると、孤児院に向かった。


「おはようございまーす」

孤児院で美咲が声をかけると、畑のほうで遊んでいた子供たちが寄ってきた。

「おねーちゃん、おはよー」

「みりーね、みりーね、せがのびたの！」

「おはよー」

美咲はその場でしゃがんで子供たちと目の高さを合わせた。

「みんな元気だね。シスターは？」

美咲の問いに、子供たちは振り向く。その視線の先にシスターがいた。

「あらあら、すみません子供たちが」

「いえ、あ、これは寄付です。礼拝堂でお祈りしても？」

トートバッグを渡し、美咲がそう問いかけると、シスターは柔和な笑みを浮かべて頷いた。

「ありがとうございます。もちろんですよ。お祈りしていってください」

美咲と茜は礼拝堂に入ると、美咲は慣れた様子で、茜は見様見真似で、小さな女神像の前で跪いた。

「とりあえず、いろいろ面白いことが起こりますよーに」

「茜ちゃん、それが叶っちゃうと面倒だよ？」

「楽しいことならいいじゃないですか」

「楽しいことならね……そもそもこの世界のお祈りは言葉には出さないんだよ」

「あー、それじゃ……」

茜はしばらくの間、目を閉じ、静かに祈りを捧げた。

「うん、そんな感じ」

美咲はそのまま女神像に向かって祈りを捧げた。

迷宮探索の無事終了への感謝と、これからの平穏無事を祈願する。

立ち上がった美咲は、その場で女神のスマホを取り出して操作した。

「なにしてるんですか？」

「ん。ポイントがね……あ、三ポイント貯まったっぽい。冗談みたいなシステムだね」

「えーと、私は……一ポイントですね。お祈りの仕方がまずかったのかな？」

「いずれにしてもお祈りでポイントが貯まるっていうのは本当みたいだね」

「美咲先輩、春告の巫女の衣装でお祈りしたらもっとポイント付くんじゃないですか？」

「あー、さすがにそこまではしないよ。季節外れだしね」

そろそろ晩夏に差しかかろうというこの時期、春告の巫女の装束では暑すぎる。

それがなかったとしても、仮装までしてポイント上昇を狙うのはやりすぎだと考える美咲だった。

「王都の神殿でお祈りしたら、ポイントも違うんですかね？」

「まあ、こっちは分殿みたいなものだから、可能性はあるかもね。気になるなら小川さんに伝えておけば嬉々として実験しそうだけど。それに私は、そこまでアプリが欲しいわけじゃないからね」

メールやメッセージのやり取りができたりビデオ通話ができるアプリや、パズルゲームあたりが追加されるのなら、頑張ろうという気にもなるが、いまのところ、得られるアプリは方位磁石《コンパス》のようなアイコンのアプリである。そこまでして急いで手に入れるだけの魅力を感じない美咲だった。

ミサキ食堂に戻ると、気の早い客が数人並んでいた。

それを横目に美咲たちは店内に入る。

「そろそろ準備しないとですね」

「そだね、お湯沸かそう」

大鍋にお湯を沸かしはじめる美咲の後ろで、茜はパスタと各種レトルトソースなどを取り出して作業台に並べはじめた。

「あ、忘れてた」

フェルとの約束を思い出し、プリンの材料を呼び出して作業台に並べる美咲。

「プリンですか？　フェルさん来るとか？」

「うん。プリン食べに来るって言ってたから」

フェルのプリン好きにも困ったものだよね。と笑いながら、美咲はプリンを作りはじめた。

「もう市販品でいいんじゃないんですか？」

「手作りのほうがなにかあったときに言い逃れとかしやすいでしょ？　エリーちゃんにも食べさせたいし」

「なら仕方ないですね」

エリーには、この世界で手に入る材料だけで作った手作りお菓子を食べさせる、と決めている茜は、仕方ないと頷いた。

エリーが絡むと、どうしても過保護になるふたりだった。

「そうそう、美咲先輩、見てください」

茜は女神のスマホを取り出すと、その画面を美咲に見せてきた。

それを見て、美咲は目を丸くした。

「え？　そんなことできるの？」

女神のスマホの待ち受け画面がエリーの写真になっていた。

「さっき撮った写真です。可愛く撮れてますよね」

「そうだね。なるほど、私もあとでエリーちゃん撮らなきゃ」


食堂で三十食を売り終わると、美咲は部屋に戻り、女神のスマホを呼び出した。

呼び出しは成功し、美咲の手元には二台の女神のスマホが存在していた。

「……問題は番号だよね」

電話番号が同じでは増やした意味がない。混線するかもしれないし、そもそも使えないかもしれない。そして、最悪の場合、異常と見なされて使えなくなるかもしれない。

両方の女神のスマホの画面を操作して、自分の電話番号を表示させると、小川が予想していたとおり、同じ電話番号が表示されていた。

「増殖はできないか……まあ予想通りだけど、ちょっと残念」

　自分の番号を自由に変更できない以上、呼び出しでの増殖は無理だと判断した美咲は、実験結果を連絡するために小川の女神のスマホをコールした。

『はい、小川です。美咲ちゃん、どうかした？』

「美咲です。よく私からだってわかりましたね？」

『茜ちゃんにやり方を教えてもらって、電話帳に電話番号を登録したからね。コール画面に名前が出てたよ』

「なるほど、あ、それで報告があるんです。さっき女神のスマホを呼び出したんですが、同じ電話番号のが出てきちゃいました」

『ああ、実験結果の報告だね。ありがとう。増殖した分は、混線とかするといけないからアイテムボックスの削除機能で消しておいたほうがいいね』

「そうします。とりあえずそれだけです」

『うん、それじゃまた』

　通話を切り、小川の提案通り、増やした側の女神のスマホをアイテムボックスの削除機能で消した美咲は、そのままベッドにコロンと横になった。

「んー、便利なんだけど。便利なんだけどなぁ」

　もともと、王都にいるメンバーとはさほど会話をしていなかった美咲である。そのため女神のスマホというアーティファクトに、それほどの便利さを見出せていなかった。美咲の感覚では、インターネットが使えないスマホは、無線機と大差ないように思えるのだ。

「そだ……えーと」

　女神のスマホの画面を操作し、フェルの名前をスライドし、通話ボタンを押した。

　しばらくコール音が続き、ガチャガチャと音が聞こえてきた。

『……ええと、フェルです』

「あ、美咲だよ。もうプリン食べに来てもいいよ」

『なんだ、ミサキかぁ。うん、すぐ行くね』

「電話帳の使い方もわかったから教えるね」

『うん』

「えーと、それじゃ切るね」

『切るってなにを？』

「通話をやめるよって意味。また食堂でね」

　通話を切った美咲は、スマホをじっと見詰めた。

　王都への通話より、同じ町に住んでいるフェルへの通話ができることに利便性を見出す美咲であった。


　美咲が食堂に下りると、テーブル席に座ってエリーが絵を描いていた。

　それを見た美咲は、女神のスマホを取り出してエリーの写真を撮りはじめる。

そして、一心に絵を描くエリーの姿を女神のスマホの待ち受けにすると、

「うん、可愛い」

と頷いた。

「こんにちはー、ミサキいる？」

ノックの音とともに聞こえたフェルの声に、美咲は女神のスマホを片手に玄関まで出迎える。

「どうぞ、入って。いま、プリン出すからね」

フェルを招き入れた美咲は、カウンター席に座らせると、厨房の冷蔵庫からプリンを取り出した。

「どうぞ」

「ありがと。ところでエリーちゃんはなに描いてるの？」

「静物画らしいよ。さっき見たら店内を描いてた。今日は外は暑いから、夕方までは中で遊ぶんだって」

「へぇ……感謝を……んー、プリン美味しいなぁ」

「レシピ教えるから自分で作ってみたら？」

「ミサキのプリンが好きなんだよ」

「もう、調子いいんだから。あ、食べたら電話帳の登録方法教えるね」

美咲はそう言って、女神のスマホを振って見せた。

「うん……うん？　なにそれ」

「なにってなにが？」

「画面、だっけ？　画面がエリーちゃんになってる」

「ああ、待ち受けの変え方も教えるね」

「待ち受け？」

　スプーンをくわえたまま、フェルは首を傾げた。

「いいから食べちゃいなよ。そしたら設定方法教えるから」

　美咲の言葉に、フェルは頷き、残りのプリンを食べはじめた。

　プリンを食べ終わったフェルは、自分の女神のスマホを取り出すと、カウンターに置いた。

「ミサキ、絵が変わるやつ、教えて」

「それじゃまず写真の撮り方からだね……鑑定屋で、風景を写し取るアーティファクトって言われたよね。その機能を使って、画面に貼り付けたい絵を写し取るんだよ」

「写し取る？」

「このカメラアイコン、これを押すと、画面が切り替わるから、写し取りたいものをこの枠に入れて、準備できたら、このマークの部分を押してみて」

　言われるままに美咲の写真を撮影したフェルは、撮影した写真と美咲を見比べて目を丸くした。

「そっくり」

「それが写真……って私を撮っても仕方ないでしょ。プリンでも写そうよ」

　美咲は冷蔵庫からプリンを取り出し、フェルの前に置いた。

「ほら、プリンの写真撮ろうよ」

「……うん、撮れた」

「写真は何枚保存できるか知らないけど、写したのは消さない限り中に残ってるから」

　プリンを回収して冷蔵庫にしまうと、美咲は写真を待ち受け画面の壁紙にする手順をフェルに教えた。

「なるほど……これで、ほかの人のと交じっても、自分のが一目でわかるね」

「そうそう。それとね、あと何日かしたら、スマホカバーもでき上がってくるから、見に来るといいよ」

「スマホカバー？」

「木でできてて、落としたときにちょっとだけ衝撃を吸収するものかな。この女神のスマホって、衝撃にはあんまり強くないかもだから」

　物はアーティファクトである。恐ろしく頑丈にできている可能性もあるが、試しに落としてみるしか丈夫さを検証する手段がない。ならば最初からカバーを付けて、落下などの衝撃に備えるほうが賢いというものである。なお、美咲なら呼び出した女神のスマホを使い、実際に壊してしまうような耐久実験も可能だが、美咲はそこまでやろうとは思っていなかった。

「女神のスマホ？」

「言ってなかったっけ、このアーティファクトの正式名が女神のスマートフォンだから、略して女神のスマホ、もしくは単にスマホね」

　フェルは女神のスマホをさまざまな角度から確認した。

「アーティファクトの名前ってどうしてわかったの？」

「え？　あ、うーん、ちょっと私の口からは言えないかな」

美咲は、茜の能力の核心に触れる部分についてはぼかして答えた。

こうしたものに詳しいと誤認させる程度であれば問題はないが、そうした固有の能力を茜が持っているということを美咲が勝手に話すわけにはいかないという判断だった。

「ふーん。まあミサキがおかしいのはいまに始まったことじゃないからいいか。それで、電話帳だっけ？　登録はどうやるの？」

「うん、それじゃ私の名前を登録してみようか。まずこれをね……」

美咲の説明を聞きながら、フェルは美咲の名前と電話番号を登録した。

そして、美咲の指示に従って、電話帳を用いた通話方法で、美咲の持つ女神のスマホに通話をし、だいたいの取り扱いを理解したところで講習は終了となった。

「いちいち長い番号を入力しなくていいんだ。メモがなくても番号覚えていてくれるのって便利だね」

「そうでしょ、ベルやキャシーにも教えてあげてね」

「うん、わかったよ」


数日後の午後、茜が発注していたスマホケースが完成した。

テーブルの上に広げられたそれらは、七種類あった。

すべて素材となる木材が異なっており、色違いになっている。

表面には細かな彫刻が施されている。

「どうです、美咲先輩。なかなかいい感じにできてますよね？」

「木材によって色や風合いが違うんだね」

白、黄色、紫、黒、普通の木目、赤、少し緑がかったように見えるものもある。触れてみると、それぞれ手触りも違うし、表面に浮かぶ木目も異なっている。木目を活かした彫刻により、どの色も芸術品のような仕上がりだ。

「私はこの赤っぽいのにしようかと思います。美咲先輩はどれがいいですか？」

「これがいいかな」

美咲が選んだのは、一番黒っぽいものだった。

実際にカバーを付けてみると、図らずも表面の彫刻が滑り止めになって手に馴染んだ。

「あー、それも渋くていい感じですよね。残りはみんなに配ります？」

「いちおう見せるだけ見せて、あとは各自の判断かな？　カバーの必要性とか理解できたとしても、それでカバーの性能を過信しすぎても怖いから、当面は単なる飾り兼滑り止めってことにしとこうか」

「なるほど、そうですね」

美咲は女神のスマホをポケットにしまうと、厨房に入り、冷蔵庫から食材を適当に見繕う。

「茜ちゃん、私は孤児院行くけどどうする？」

「あー、行きます行きます。ポイント貯めないと」

ここのところ、美咲たちは連日、孤児院を訪ねていた。

ポイントで得られるアプリにはそれほど魅力を感じてはいないが、とりあえず女神のスマホについては、できることはやってみるという方針にしたのだ。

もしかしたら、ひとつ購入したら別のアプリが追加されるかもしれないし、ポイントを使った新しい仕組みが追加されるかもしれない、という期待から出た方針だった。

孤児院へ寄付する食材を準備し、玄関まで出たところで美咲は空を見上げた。

見上げた空には黒っぽい雲がかかっていた。

「んー……これは微妙なお天気だね。帰りは雨になるかもだけど、マントは持ってる?」

「はい、大丈夫です。でも、夏場にマントは着たくないですけどねー」

「まあ仕方ないよ。傘じゃ目立っちゃうし……それじゃ行こうか」

美咲たちはマリアに留守を任せ、食堂をあとにした。

曇天のせいだろうか、広場にはあまり人は歩いていなかった。

それでもいくつかの屋台は店を出していたが、いつでも店を閉められるように、天幕などは半開き状態だった。

露天商に至ってはほとんど店を出していない。

「雨の日に広場に来たことなかったけど、こういう風になるんだね」

「ですねー。私もこっちに来てから、雨の日はほとんど屋内に籠もってましたから、初めて見ました」

この世界にも薬はあるが、日本のように手軽に手に入るものではないし、どんな病気も治してしまうような治癒魔法も存在しない。

雨が降っているなか、無理を押して外出して風邪でもひけば、下手をすれば命にかかわることもあるのだ。よほどのことがなければ雨は避けて屋内に籠もるのが、雨の日の平民の普通の過ごし方だった。日本で言うところの晴耕雨読が当たり前に行われているのは、民にそれだけの余裕がある証左でもあった。

美咲たちは足早に孤児院への道程を行き、シスターに食料を手渡すと女神に祈りを捧げた。祈りのあとの確認では、ふたりとも三ポイントを獲得していた。

「茜ちゃんも慣れてきたね」

「正しい作法さえわかればこっちのもんですよ」

孤児院を出ると、幸いまだ雨は降っていなかったが、空はその暗さを増していた。

「雨、降りそうだから急ごうか」

「はい」

そう言って少し歩いたところで、大粒の雨がぽつぽつと地面を濡らしはじめた。

美咲たちはマントを取り出すと、頭の上に被るようにして食堂までの道を走った。

「うわぁ、結構降られちゃったね」

食堂の軒下で、美咲はマントを振って水気を切った。

茜もそれを真似るように、マントを振る。

毛織のマントとはいえ、油脂を染み込ませているため、マントは水をよく弾く。

水気をある程度切れば、あとは軽く陰干ししておけば普段の手入れとしては問題ない。

「そだ、茜ちゃん、女神のスマホって防水なのかな？」

濡れた手を拭きながら、美咲はふと、思い付いたことを聞いてみた。

茜は、手を拭いてから、自分の女神のスマホを取り出すと、じっと見詰めた。

「前に見たときはそんな情報はなかったんですけど、もう一回確認してみますね。えーと、防水性能、防水性能……あ」

「あった？」

「はい、鑑定したまま防水性能に意識を集中したら、生活防水だってわかりました」

「へえ、それじゃ、多少の水濡れは大丈夫だね。それにしても、まだ鑑定にも謎な部分があるんだね」

「スキルにしても、スマホにしても、取扱説明書が欲しいですよねー」


一カ月あまりが過ぎた。

平民にはあまり影響はなかったが、為政者たちにとっては激動の一カ月だった。

まず、小川が女神のスマートフォンに関する報告書を魔法協会に提出した。

常識的に考えれば、鑑定を行うアーティファクトで調べた結果を覆すような報告であり、普通なら一笑に付されるところだが、報告者がなにかと成果を出している小川だったため、即日、報告書の内容に沿った検証実験が行われた。

そのあとはもう大騒ぎである。

検証実験の結果は、ある意味で回復魔法のそれよりもわかりやすく、当該のアーティファクトさえ入手できれば誰でも簡単に実験ができるのだ。すぐにあちこちで追試が行われ、小川の報告書の信憑性が上がる一方である。

小川の報告書と魔法協会が行った検証実験に加え、多くの魔法使いたちが独自に行った追試の結果は、あらゆる手続きと規則を無視して、実験の二日後には宮廷魔道士の元まで届いていた。

「これは国が揺らぎそうなアーティファクトね」

報告書を見て、その利便性と危険性に気付いた宮廷魔道士のミズカは、まず、アーティファクトの流通を管理している部署に対して女神のスマートフォンの取引停止を命じるようにと王に奏上した。次に、臨時予算を組み、他国も含めた市場に存在する女神のスマートフォンを買い占めるとともにそれらを管理するための新しい部署を作るように提案し、エトワクタル王国に通信省という省が誕生した。

宮廷魔道士のミズカが新しく誕生した通信省の責任者として指名されたが、

「責任は私が取りますが、実務に関しては女神のスマホを発見した賢者様にやってもらいましょう」

と、通信省の女神のスマホ実用化班を小川に押しつけることにした。

アーティファクトの危険性については、小川もある程度は想定していた。

狼煙のアーティファクトでさえ戦略物資と見なされるのだ。

それよりも取り回しが遥かに簡単で、狼煙と違って他者に通信していると看過されにくい通信手段がどれだけ便利で危険であるかは想像に難くない。

だが、通信能力の向上は、小川の予想以上に危険な要素を含んでいた。

離れた町と町の間で密談が可能となるなどの問題も確かにあるが、ミズカが国が揺らぎかねないとまで言った理由は、さまざまな報告が可能となってしまうことで生じるだろう混乱にあった。

辺境の町で発生した軽微な、税収に影響がない程度の魔物被害は、いままでならその伝達コストを考えていちいち報告をしなかったが、伝達コストがほぼゼロともなれば、些細な事柄も王都に報告が上がるようになる。被害が多いほど、国に納める税が安くなる可能性が高くなるのだから、コストがかからないのであれば、それを領主がやらない理由はない。

だが、それぞれの町からすれば報告件数の増加は少なくても、報告を受ける王都から見れば、すべての町からの連絡が増えるのだ。そうなれば王都側で必要とされる人員はいまのままでは足りなくなる。

安易に人を増やせない部署も少なくはなく、こうした事例が各所で発生すれば、増員が困難な部署から、定常業務が滞るようになる。だからといって、報告を受けてしまえば、受けた者の独断で握り潰すことはできない。最低でも記録と集計、報告という業務が発生する。

だから、そうならないように公式の連絡方法の運用基準を厳格に定める必要がある。


唐突に通信省の実用化班の責任者の辞令を発令された小川は、ミズカと会談し、そうした懸念点と、どこまでやってよいのかを確認したうえで、大きく三つの仕事を推進した。

ひとつ目は、ミズカが買い占めさせた女神のスマホの管理方法の策定と、国内各所へ配布する際の基準の明確化である。各町の代官や領主には配布する必要があるし、さまざまな部署の責任者にも配布する必要があるが、たとえば、領地を持たない貴族に配布するのか、とか、複数の領地を持つ領主はどう扱うのか、といった基準である。

ふたつ目が女神のスマホの取扱説明書と、通信省が配布した女神のスマホの電話番号をまとめた電話帳の作成である。

そして三つ目が、運用に当たっての注意事項をまとめた説明書の作成であった。


各町や砦に女神のスマホを配備するにあたり、まず『女神のスマートホンの使い方』なる手書きの冊子が作成され、併せて配布された。

冊子には、通話が確立したら「もしもし」と呼びかけるといった、使い方までもが丁寧に記されており、初心者であっても冊子を読み込めば、基本的な操作方法と、受話・送話のマナーを身に付けられるようになっていた。

また、別冊として、省庁に対して連絡を行うべき場合、連絡を控えるべき場合をケースごとに列挙した資料も作成し、女神のスマホがなかった頃なら連絡しなかったような事柄を頻繁に連絡してくると各省庁から苦情が出た場合、通信省が調査し、最悪のケースでは王命で女神のスマホを返納させる旨も記載した。

書籍の形をした電話帳に関しては、まだ女神のスマホの配布が完了していないため作成途中だが、完成の暁には、省庁には配布し、それ以外に対しては、通信省内に番号案内サービスを行う部署を設けて、その番号だけを通達する計画だった。なお、誰がいつ、誰の番号を知ったか、という情報はしっかりと記録されるルールとなっている。


「問題は、未配布のスマホの管理と、今後の広め方ですね」

魔法協会に籍を残したまま、通信省の実用化班の代表となった小川は独りごちる。

通信省における小川の役割は、女神のスマホの利用方法の解析と、ルール化、その周知、それに実際の運用開始までであると、ミズカとの間で取り決めている。

通信省が入手した女神のスマホの台数は約百台である。

今後もある程度は迷宮から供給されるだろうが、現状は、この百台を最大数として配備計画を立てねばならない。

配布優先順位は次の通りとされていた。

一・遠隔地間の緊急通信用としての配備

二．非常呼集が必要な個人への配備
三．訓練用としての配備
四．予備機

現時点では、一の緊急用の配備までが実施されている。

具体的には各町の領主または代官、各砦に一台ずつの女神のスマホを配備した。また、対魔物部隊の隊長やそれらを統括する部署などへの配布も順次進められている。

それに加え、緊急連絡網を作成し、緊急時の連絡ルートを明確にした。

その他の貴族に対しては、子爵までを対象として配布する予定があるが、こちらについては緊急性は低いと判断し、二次配備計画書を作成中である。

通信省の中には、女神のスマホの運用に習熟したメンバーを育てるための部署があり、そこで実機に触れて訓練を行うため、数台を確保している。

最終的に、通信省に十台ほどの予備を残し、エトワクタル王国内に女神のスマホをばらまくことになる。

ミズカから小川が受けた仕事は通信省以外にもあった。

それは既知のアーティファクトの確認である。

今回の女神のスマホの機能発見により、鑑定屋が使っている鑑定のアーティファクトは、機能の一部しか表示していないということが判明した。

となれば、ほかのアーティファクトにも秘められた機能がある可能性がある。

それを小川に探させようというのだ。

「スマホみたいに、わかりやすいものがあればいいんですけどね」

「なにか仰いましたか？」

小川の呟きに、今度はひとりの女性が反応した。

小川の秘書官に着任したサティである。

「ん、いや、大変な仕事だなってね」

「オガワ様は当代の賢者様なのですから、皆様、いろいろと期待されてらっしゃるのでしょう」

インフェルノ、アブソリュート・ゼロ、回復魔法を発表した時点で、小川を賢者と呼ぶ者もいたが、今回の通信改革の件でその呼び名はほぼ固定化された。

「ね、サティ君、そのオガワ様ってのやめない？」

「そういうわけには参りません。下の者たちにも示しがつきません」

「……ですよね」

小川は深い溜息をついた。

（まあ、美咲ちゃんたちにこんな役目を負わせずに済んだのは幸いだと思うしかないか）


小川が多忙となったため、アンナの卒業レポート修正は一旦保留となった。

そんなわけで、アンナはミストの町に帰ってきていた。

「フェル、ミサキのところに行こう」

王都からミストの町に戻るなり、アンナは広場でフェルを捕まえてそう言った。

「なに？　プリン食べに行くの？」

「そう」

「てゆーか、いつ帰ってきたの？」

「さっき」

「とりあえずお帰り。店じまいするからちょっと待っててね」

「わかった」

フェルは手早く露店の荷を木箱に詰め、収納魔法で片付けると、アンナと連れ立ってミサキ食堂に向かった。

ミサキ食堂は閉まっていたが、アンナがノックすると美咲が顔を出した。

「あれ？　アンナ、いつ帰ってきたの？」

「さっき」

「へえ、フェルも一緒ってことはプリンかな？」

「そう」

「どうぞ」

美咲に誘われて店内に入ると、フェルとアンナはカウンターに座った。

「ちょっと待っててね」

　美咲は冷蔵庫からプリンを取り出し、皿に載せると、スプーンを添えてふたりの前に置いた。

　フェルとアンナは、大銅貨を美咲に手渡し、スプーンを手に取った。

　と、そこで、アンナはスプーンを置いて美咲に小冊子を手渡した。

「忘れてた。オガワ先生からミサキに」

「なに？　ええと、女神のスマートホンの使い方？」

「そう、通信省でのオガワ先生のお仕事」

　美咲は、受け取った冊子をぺらぺらと斜め読みした。

「なるほど、マニュアル作ったんだね」

「まにゅある？」

「取扱説明書でわかるかな？　絵まで書いて、随分丁寧な説明書だね。これ手書き？」

「絵は版画。文字の部分は全部手書き。読んで、気付いたことがあったら連絡が欲しいと言っていた」

「そういうことね」

　小川としては、万全のつもりで作成した取扱説明書だが、同じ日本人の目から見たら、なにか粗が見つかるかもしれない、という意図だろう、と美咲は小川の目的を推測した。

　そんな美咲を横目に、アンナはプリンに取りかかった。

「というわけで、茜ちゃんも確認してもらえる？」

「……よくできたマニュアルですね……でもおじさんの字じゃないですね、これ」

その日の夕方、美咲は、女神のスマホの取扱説明書を茜に見せていた。

茜はざっと眺めた取扱説明書について、そう評した。

「そうなの？　アンナは手書きだって言ってたけど」

「文字は手書きで、絵は版画みたいですね。通信省に取説作成チームがいるのかもですね」

茜の予想通り、原本こそ小川が作成したが、配布用の取扱説明書は専門のチームが書き写したものだった。

「それで、気付いたところがあったら教えてほしいんだって」

「とりあえず熟読してみます。それにしても、電話って言葉を使うことにしたんですね」

「ああ、そこは私も違和感を感じたかな。電気を使ってるわけでもないのにね。言葉を新しく作る暇がなかったのかもね」

美咲の推測は当たっていた。

最初こそ、電話に代わる新しい言葉を考え出そうとしていた小川だったが、流通を急かされた結果、小川にとって馴染みのある言葉で取扱説明書は書かれることになったのだ。

「それはそうと、美咲先輩、ついに実用レベルで完成しました」

「えと、なにが？」

「紙です、画用紙と上質紙です。まだちょっと茶色っぽいですけど、これです」

茜が取り出したのは、多少茶色みがかっているが、藁半紙とは比べものにならないほどに白くて滑らかな紙だった。

「これ、こっちの世界産の紙なの？」

「ですです。試行錯誤のうえ、ようやく完成したんです」

美咲は茜が取り出した紙を撫でてみた。

多少厚みがあるが、ざらつきの少ない、よくできた紙だった。

「凄いね、ここまで完成度を上げられるとは思ってなかったよ……滑らかさは十分に合格。見た目は再生紙と上質紙の中間くらいだけど、漂白剤がないこと考えたら、よくここまで白くなったなって思うよ」

「職人さんが頑張ってくれましたからね。でも、材料をもっとしっかりと水にさらしてから干せば、まだ白くなるだろうって言ってました。だから、とりあえずこの紙を市場に流して、白い紙についても研究してもらって、紙の白さで等級分けすればいいかなって思ってます」

「あとは色鉛筆が完成したら、一段落？」

「そうですね。色鉛筆も、残りは微調整ってところまで来てますから、すぐですよ」

この世界産の色鉛筆と画用紙を流通させ、エリーの凄さをわかってもらうという計画も最終局面である。

茜の中の計画はそこまでだったが、滑らかな紙の発明の影響は大きい。

藁半紙はペン先が紙の中に埋まった藁に引っかかったりして、筆記には向かないという欠点があったが、新しい紙であれば筆記にも十分に耐えられる。公式文書は羊皮紙を使うというのが常識としてある以上、その部分に食い込むことは難しいだろうが、安価で質の高い紙が大量に流通することで、さまざまな方面で技術革新が発生することになるだろう。

その端緒にいることを、茜も美咲も気付いてはいなかった。

ただふたりの頭にあったのは、

「早く、エリーちゃんに、この世界産の道具だけで絵を描いてもらいたいね」

「ですね。頑張ります」

というものだった。

スマホのあれこれや紙の開発の後始末が終わったある日の午後。

ミサキ食堂のテーブル席に座った美咲は、ポニーテールにした髪を指に巻いては溜息をついていた。

「ねえ茜ちゃん、美容院とかってどうしてる？」

呼ばれた茜は、厨房から顔を出す。

「急にどうしたんですか？　私は王都にいたときはメイドに切ってもらってましたけど、最近は伸ばしっぱなしですね。前髪だけは自分で整えてますけど」

「そっかー。ちょっと最近、毛先が傷んできたなぁって思って……」

美咲はポニーテールの先端を摘まんでプラプラさせた。

「もしかして、こっちに来てから切ってないんですか？」

「春告の巫女のときにちょっと毛先を揃えてもらったけど、それっきりなんだよね。前髪だけは自分でいじってるけど」

茜は美咲の後ろに回ると、美咲の髪をチェックして頷いた。

「でも美咲先輩は日本のシャンプーとか使えてましたから……ほら、それほど傷んでないじゃないですか」

「そう？　……でも毛先は揃えたいなって」

「んー、揃えるだけでいいならやりましょうか？」

「お願いできる？」

「いいですよ。美咲先輩、ハサミって出せますか？」

「それがね、うちには兄が買ったハサミがたくさんあったから、私は買ったことないんだ。携帯用の裁縫セット出せば、中に小さいのが入っているけど、糸切りバサミじゃ小さいしねぇ」

「裁縫セットのでもいいですよ、ばっさり切るわけじゃないんですから」

「そ？　それじゃ」

美咲は裁縫セットを呼び出すと、中から小さいハサミを取り出し、茜に手渡した。

「はい、あ、バスタオル取ってきますね」

茜はそう言って、パタパタと洗面所に行くと、ピンクのバスタオルとブラシを持ってきた。

「それじゃ、毛先を整えますね」

バスタオルを美咲の首にかけると、茜は美咲のヘアゴムを外してブラシで髪をとかしはじめた。

「なんか慣れてるね？」

「日本ではお姉ちゃんの髪とかいじってましたからね」

茜は髪を整えると、指先で挟み、小さいハサミでチョキチョキと切りはじめる。

「確かに毛先はちょっと傷んでますね」

「でしょ？　だけど床屋さんって行ったことないから、ハードル高くて」

「この世界の床屋さんは、聞いた話だと日本のより痛いらしいですよ？」

「小川さん情報？」

「おにーさんも言ってました。ハサミも剃刀も、なまくらだって」

実のところ、それは選んだ店による部分が大きかった。高級店なら道具も店員も最高のものを揃えている。だが、日本の安価な床屋に慣れていた小川と広瀬は、王都の平民向けの中級クラスの店に日本並みのサービスを期待し、当然のようにその期待が裏切られただけなのである。

「そういえば、こっちの人ってムダ毛処理しないよね」

「そうでもないですよ？　うちのメイドは脛と指はきちんと処理してましたし。まあ脇は切り揃える程度らしいですけど。でも聞いた話だと、貴族は脛や腕のムダ毛を抜いちゃったりするらしいです……と、はい。毛先、綺麗になりましたよ」

茜はそう言って、美咲の髪をとかし、ポニーテールにまとめた。

そして、床に落ちた髪の毛を箒《ほうき》で外に掃き出す。

「髪、外に掃いちゃっていいのかな」

「いいと思いますよ。そんなまとまった量があるわけじゃないんですから」

茜は、美咲の首にかけていたバスタオルを取ると、外でバサバサとはたき、くるくると丸めた。

「今度、王都に行ったら、こっちの世界のハサミとか見るのも面白いかもしれませんね」

「ミストじゃ駄目なの？」

「そういう専門店があるんですよ。貴族を相手にするようなお店だから、物は市井の金物屋とは全然違いますよ」

「なんで茜ちゃん、そんなこと知ってるの？」

「メイドに教えてもらったんです。髪を切ってもらってて、痛かったことがなかったので、品質はいいと思いますよ」


翌日の午前中、まだ食堂の開店には早い時間帯に、ミサキ食堂にひとりの訪問者があった。

ノックの音に、美咲が玄関を開けると、そこには黒っぽい上質そうな服を着た年配の男性が立っていた。髪には白いものが多いが、元の髪の色は栗毛である。優しそうな目は薄い青で、その青い目で少し驚いたように美咲を見詰めた。

「あの、まだ開店時間じゃないんですけど」

「承知しております。私、ミスト家の料理長を務めております、サイモンと申します」

「ミスト家というとビリーさんやキャシーの？　あ、私はミサキ食堂の店主、美咲です。どういったお話でしょうか？」

貴族家の名を騙れば重罪である。美咲はサイモンの言葉を信用することにした。

「実は、明後日の午後、当家でティーパーティーが予定されております。そのパーティーで、最近町で評判のケーキを使いたいとルーシーお嬢様が仰っておりまして」

「あー……少々お待ちください」

美咲はサイモンを玄関に残したまま、茜を呼びに二階に上がった。

「……というわけで、ケーキの流通担当は茜ちゃんだし。よろしくね」

「はーい。エリーちゃん向けに調整したレシピでも提供しますかね？」

レシピを提供すれば、向こうはプロの料理人だ。今後、同じような話があっても自力で解決できるだろう。そう考え、美咲は頷いた。

「そのほうがこの先、面倒がないかもしれないね。貴族なら砂糖も必要なだけ使えるだろうし」

「それじゃ、えーと」

茜はエリー向けに書き溜めたレシピを引っ張り出すと、玄関に向かった。

茜に任せると言った美咲も、話が気になるので一緒に階下に下りる。

「お待たせしました。甘味流通担当の茜です。ケーキが必要ということですけど、どんなケーキが必要なんでしょうか？」

「私はケーキを食べたことがないのでわからないのです。どんな、ということは、いろいろな種類があるということでしょうか？」

「そうですねー。言葉で説明するのはちょっと難しいんですけど、レシピをお教えしましょうか？」

茜の言葉に、サイモンは目を見開いた。

「それは願ってもないことです。礼金は主と相談のうえとなりますが、これからミスト家に来ていただいても？」

「あー、ちょっと待ってくださいね。美咲先輩、いまから行ってきてもいいですか？」

「うん、店はマリアさんがいれば回せるから大丈夫だよ……でも行くならオーブンを持っていかないと」

レシピは、茜が開発したオーブンの魔道具を前提に温度や時間が書かれているのだ。通常のオーブンでは温度調整が難しいため、失敗の恐れがある。

「あー、そうでした」

「ミスト家の厨房にもオーブンはありますが？」

「えーと、素人でも使いやすい、温度調整機能に優れた魔道具があるんですよ。私はそれがないと上手に焼けないと思いますのでちょっと取ってきますね。あ、そちらの厨房にお酒とか種類はありますよね？」

「たいていのものは揃っています」

「よかった。それじゃちょっとオーブン取ってきますね」

茜は厨房に戻ると、オーブンをアイテムボックスにしまった。

それを見ていた美咲は、流し台の下から計量カップと計量スプーンを取り出して茜に手渡した。

「茜ちゃん、これも持ってかないと」

「そうでした。ありがとうございます」

「それと、生クリームはいちおう持っていったほうがいいよ。新鮮なのじゃないとうまく作れないから」

「そうですね。冷蔵庫の、もらっていきますね」

茜は冷蔵庫から取り出した生クリームの入った瓶と、美咲から受け取った計量関連の器具、泡立て器などをアイテムボックスにしまう。

「うん、頑張ってね」

茜は厨房を見回して忘れ物がないことを確認すると、ひとつ頷き、サイモンのところに戻っていった。

「サイモンさん、お待たせしました」

「いえ、それではよろしくお願いします」

「いってらっしゃーい」

その日の午後遅く、茜は疲れた顔をして帰ってきた。

「あ、茜ちゃんお帰りなさい、どうだった？」

「なんとかレシピ四つを教えてきました」

「頑張ったね」

「これ、エリーちゃんにお土産です」

茜はアイテムボックスからケーキを取り出すと、テーブル席に置いた。

ケーキはショートケーキ、紅茶風味のパウンドケーキ、チーズケーキの三種類を一口サイズに成形したもので、見た目に可愛く、美味しそうだった。

「へぇ、可愛いね……エリーちゃん、下りといでー」

美咲の声が聞こえたのだろう、すぐにエリーが二階から下りてきた。

置いてくるのを忘れたのか、片手に緑の色鉛筆を握っている。

「エリーちゃんにお土産だよ」

茜にそう言われ、エリーはテーブルの上を見て目を丸くした。

「たべていーの？」

「いいよ。小さいケーキだから全部食べちゃってもいいからね」

「たべるー！」

「はい、どうぞ」

エリーがケーキを食べるのを微笑ましく眺めながら、美咲は、ふと、疑問に思ったことを茜に尋ねた。

「ねえ茜ちゃん。この可愛いのって、サイモンさんが作ったの？」

「……そうです。さすがプロは違います。ティーパーティーでは、いろいろな種類を楽しめるようにしたいって言って、即興でこんな可愛いケーキを作っちゃうんですから」

「へえ、でもこれなら食べやすいだろうね」

「あ、でもプリンはどうやって出すか悩んでましたね。小さいのも作ってましたけど、これは美しくないとか言ってました」

　貴族の料理人も大変ですよね、と茜は楽しそうに笑った。


　いつもの日常を取り戻した美咲たちにひとつの変化があった。

「いよいよですね、美咲先輩」

「そだね。まあ、当面使い道はないんだけど」

　美咲のスマホのポイントが貯まったのだ。

　コンパスのアイコンのアプリは百ポイント。

　そのままポイントを貯めておくという選択肢もあったが、ほかにアプリが出現する様子もなかったので、美咲は、アプリ購入に踏み切ることにしたのだ。

「それじゃ、購入っと」

　スマホの画面にコンパスのアイコンが追加され、ダウンロード中を表すような表示に変化した。

「どんな機能なんでしょうね」

「アイコンの見た目のまま、コンパスなんじゃない？」

アイコンの表示が切り替わった。

ダウンロードか、それに類する作業が完了したらしい。

美咲は新しく追加されたアイコンをタップして、アプリを起動した。

画面に円が表示され、中に棒状のものがゆらゆらと揺れている画面に切り替わる。棒は半分が白く、もう半分は赤かった。

それは、美咲の知識に照らし合わせるとコンパスそのものだった。

「んー、コンパスっぽいね。北はあっちなのかな?」

「ちょっと待ってくださいね、鑑定します」

茜はスマホの画面を覗き込んだ。

しばらくそのままの姿勢で固まっていたが、顔を上げると不思議そうな表情で首を傾げた。

「『希望のコンパス』。コンパスの持ち主が心から望むものを探すコンパスらしいです」

「そうなの? えーと、なんだろ?」

美咲が女神のスマホを傾けるとコンパスの針がクルクルと回る。

「おー……人探しとかに役立ちそうですね」

「んー、クルクル回ってるだけで、なにか指し示したりはしないみたいだけどね。えーと、小麦粉が欲しい」

針の空転は止まらなかった。

「心から望まないと駄目ってことですかね?」

表層意識で欲しいと願った程度では反応しないのだろうと推測した美咲は、このアプリは使えないと判断した。

「使い勝手悪すぎでしょ。砂漠で水がなくなったときとかなら、オアシスに案内してもらえるかもしれないけど」

「ですね。それで美咲先輩、これ使ってなにを探しますか？」

茜が楽しげな表情でそう尋ねると、美咲は首を横に振った。

「え？　特になにも。面倒だし」

「うまく使えばいろいろできそうなのに勿体ないですよ。ほら、金鉱脈を探すとか。あ、こっちなら聖銀の鉱脈のほうがいいのかな？」

「茜ちゃんももう少しでポイント貯まるじゃない。そういうのは任せるよ。あ、でもテンプレするときはあらかじめ教えてね」

「はーい。もう、美咲先輩、欲がないんだから」


その日の晩、茜は小川に電話をかけた。

「あ、もしもし、おじさんですか？」

『どうしたんだい？　茜ちゃん』

「スマホのアプリの正体がわかりましたので」

『希望のコンパス』についてわかったことを小川に伝えると、茜は、

「美咲先輩はコンパスを使って、特になにかするってわけじゃなさそうです。勿体ないですよね」

とぼやく。

だが、小川は、そのアプリの仕様の厳しさに首をひねった。

『いや、その仕様だと、使いこなすのは至難の業だと思うよ。でもそうか、普通のコンパスじゃなかったんだね。女神様の意図がいまいちわからないな……まあ、それは考えても仕方ないか。それで、アプリストアに新しいのが出たり、ポイントの別の使い方が出たりとかしなかった？』

「残念ながら、そういうのはなかったです」

『そか。まあ、そのうちなにか追加されるかもだから、それを楽しみにしようか。と、そうだ、茜ちゃんにお願いがあるんだけど』

「はい、なんでしょう？」

『近いうちに王都に来れないかな。実は、鑑定してもらいたいアーティファクトが溜まってきていてね』

　地球に似た形状の道具がないか、という観点でアーティファクトをチェックした小川は、あまりにも多種多様なアーティファクトに呆れつつも、確認候補リストをそれなりに完成させつつあった。個人所有のアーティファクトもあるため、まだ全量を確認できたわけではないが、それでも市場に出回っていた分については一通り網羅した。いくつかについては、形状から用途の見当を付けていたが、当初、女神のスマホの電話帳の使い方がわからなかったように、使い方まで把握できるわけではない。だから、大まかな使い方の見当を付けたうえで、詳細部分は茜に鑑定してもらい、その場で簡易マニュアルを作成したいと考えていたのだ。

「食堂のお仕事もあるんですけど、どれくらいの量なんですか？」

『んー、結構数があるんだよね。一週間くらいあれば最低限の鑑定はできると思うんだけど、難しいかな？』

　一個三十分程度で処理するとして、一日八時間で七日間休みなしという計算を小川がしているとも知らず、茜は頷いた。

「わかりました。美咲先輩に聞いてみます」

　そして翌朝、

「美咲先輩、しばらく留守にしてもいいですか？」

　茜は美咲と顔を合わすなりそう言った。

「どうしたの？　理由によっては反対するけど」

　美咲は茜の保護者を自任している。

　異世界という環境で、たった四人しかいない同胞だ。たいていのことは許してもいいと思っているが、しばらく留守にするということは外泊である。簡単には許可できない。

　外泊先によっては、保護者権限で止めなければならないと考える美咲だった。

「昨夜、おじさんと電話で話したんですけど、王都で鑑定してほしいものがたくさんあるって頼まれまして」

「あー、そーゆーこと。期間はどれくらいなの？」

美咲の保護下から、別の保護者のもとに行くだけと聞き、美咲は安堵した。

「おじさんは、数があるから一週間くらいって言ってましたね」

「小川さんのところなら構わないよ。長らくリバーシ屋敷の主が不在だったわけだし、たまにはのんびりしてきたら？」

「美咲先輩を置いてくのは心苦しいんですけど」

「いいよ、迷宮のときは茜ちゃんに留守番させちゃったからね。でも寒くなる前に帰ってくるんだよ？」

「それはそのつもりですけど、なんでです？」

「雪が降ると、馬車のスピードが遅くなるからね」

季節は秋である。

雪の心配にはまだ早い。

「いくらなんでも冬になる前に帰ってきますよ」

コロコロと笑って茜はそう答えた。


茜が王都に旅立ってから一週間。

ミサキ食堂は美咲とマリアのふたり体制で、十分に回っていた。

回ってはいたが、

「アカネおねーちゃん、まだかえってこないの？」

茜に懐いているエリーにとって茜の不在は不満らしく、茜不在の三日目あたりから、毎日そう聞いてくるようになっていた。

「予定だと、もうそろそろ帰ってくるかな。エリーちゃん、抱っこしたげるからおいでー」

「きゃははは、やー」

「ほーら、つーかまえた」

逃げ回るエリーを捕まえて膝に乗せると、美咲はエリーの頭を撫でる。

「ミサキおねーちゃんは、おでかけしないの？」

「茜ちゃんが帰ってくるまでは、お留守番かな」

美咲たちがそんな会話をしていると、ミサキ食堂の玄関が開いた。

「あれ？　誰だろ？」

「私です、美咲先輩」

「アカネおねーちゃん、おかえりー」

エリーは美咲の膝から下りると、茜に駆け寄って、その足下をくるくる回りはじめた。

茜はそんなエリーを抱き上げると、美咲に、

「はい、美咲先輩、パスです」

と渡した。

じたばた暴れようとするエリーを抱っこしたまま押さえ込むと、美咲は再びエリーの頭を撫ではじめた。

「茜ちゃん、予定よりちょっと早くない？」

「鑑定屋の鑑定結果と異なるアーティファクトは案外少なかったんですよ」

「そうなんだ。それで、面白いアーティファクトはあった？」

「そうですね、結構、私たちの世界の製品をベースにしてそうなアーティファクトがありましたよ。おじさんが、そういうのだけを選別したからでしょうけど」

「へぇ」

「鑑定料として、便利そうなの、いくつかもらってきましたよ」

そう言うと、茜はアイテムボックスからホットプレートのようなアーティファクトを取り出した。

「あ、それ知ってる。たい焼き作るアーティファクトでしょ？」

見たことのあるアーティファクトに、美咲は思わず声を上げる。それは、青の迷宮のあるネルソンの町で見たホットプレート型たい焼き機だった。

「たい焼きも作れますね。あと、お好み焼きも、タコ焼きも作れますよ。型もないのに不思議ですけど」

「どうやって作り分けるの？」

「入れる材料によって、なにができるのかが決まってるんです。小麦、豆、砂糖でたい焼き。小麦、タコでタコ焼き。お好み焼きは小麦粉と野菜や肉とか。水は入れなくてもよくて、材料も、ほんの少しでプレートいっぱいの完成品ができ上がるんです」

茜の説明を聞き、美咲は不思議そうに首を傾げた。

「まるで錬金術だね。少しの材料でたくさん焼けるなら、食料不足とかが起きたときに役立つんじゃない？」

「焼くのに時間がかかるので、大人数の食料供給には向かないっておじさんは諦めてました」

小川に、これは個人向けで使い物にならないと判断されたため、茜が引き取ることができたのだ。

「ほかにどんなのあるの？」

「空気清浄機兼加湿器ですね。加湿器としてなら、この世界でも使えそうじゃないですか」

「そうだね。空気清浄機はあまり役に立たないだろうけど」

この世界の建築精度では、部屋の気密性などあってないようなものである。

いくら部屋の中の空気を綺麗にしても、すぐに隙間風が入ってしまうのではきりがない。

茜は空気清浄機を取り出すとホットプレートの隣に並べた。

「あと、ジューサーミキサーももらってきました」

これもホットプレートの隣に並べられる。

「どういうラインナップ？」

「国では使わないっていうものをもらってきたんです。ほかにもいろいろ面白そうなものはあったんですけど、国が使うからってもらえませんでした」

「面白そうなのって、どんなのがあったの？」

「興味があったのは、プロジェクターとか、ノートパソコンもどきとか、エアコンもどきとかですね。プリンタもあったっけ」

「へえ、確かに面白そうだね。でもそっか、いままで眠っていたアーティファクトの使い道を見付けられたんだ。茜ちゃんが調べに行った甲斐があったね」

「おじさんは、いろいろ見付かって、これからまた忙しくなるって言ってましたけどね」

小川はこれから、新しいアーティファクトの取扱説明書を作成しなければならないのだ。

女神のスマホのように、運用まで含めて調整をする必要はないが、書かねばならない取扱説明書の種類は膨大なものとなる。

小川が誰かに使い方をレクチャーし、レクチャーを受けた者が取扱説明書を作成するという流れにすれば、ある程度の並行作業が可能となるが、それにしてもかなりの時間が必要になるだろう。

「年末年始になったら王都に行って、小川さんの慰労会でもしてあげようか」

「いろーかいってなんですか？」

「お疲れ様ってねぎらう会のことだよ」

「あー、それは喜ぶでしょうね。おじさんもおにーさんも、美咲先輩のお料理、大好きですから」

「そういえば、この前王都に行ったときに見かけなかったんだけど、広瀬さんは最近なにやってるの？」

「魔物の駆除で、王都周辺を回ってるみたいですね。そういえば、おじさんが、おにーさんにもスマホを持たせたって言ってましたよ」

職権の濫用ではない。

広瀬は対魔物部隊の中隊長を拝命しているため、緊急時に連絡が取れるように、女神のスマホを渡されたのだ。

「広瀬さん、いつの間にか偉くなってたんだね」

「対魔物部隊って、この国では、唯一の実戦部隊ですからね。叩き上げの人が多いらしいですよ。おにーさんはあれで、剣を持ったら結構強いですからね」

なんといっても、『剣の才能』というスキルを持つ剣士である。

努力した分、確実に強くなっていくのだからズルい《チートだ》と茜は言う。

「へぇ。あ、対魔物部隊といえば、そろそろアルバート王子にお酒を渡す時期じゃなかったっけ?」

「ああ、日本酒を年に何本かってやつですね。去年はついでにケンちゃんたちが遊びに来たんですよね。そういえば今頃の時期でしたね。おにーさんに電話してアルに聞いてもらったらどうでしょう?　番号はこれです」

茜は自分の女神のスマホを操作して、電話番号を表示させた。

「ありがと。ちょっと待って、登録しちゃうから」

美咲は茜のスマホの画面を見ながら、自分のスマホに広瀬の番号を登録する。

「お酒って、おにーさんたちにも結構な量を渡してるんですよね。おにーさんから渡してもらったらいいんじゃないですか?　同じ部隊なんだし」

「そだね。広瀬さんに聞いてみるよ」

茜との話が終わると、美咲は広瀬に電話をかけた。

用件を伝えると、広瀬は、

『アルに日本酒を十本渡せばいいのか？』

と問い返してきた。

「はい、ミサキ食堂からの定期便って伝えてもらえればわかると思うので」

『わかった……あ、ちょっと待って、すぐそこにアルがいるから話をしてみる……』

しばらくすると、アルバートの声が電話から聞こえてきた。

『……ミサキか？　アルバートだ。久しぶりだな』

「アルバート王子？　はい、ご無沙汰しています」

『ミサキも女神のスマホを持っていたのだな？』

「もともと私たちが迷宮で見付けてきたんです。それを小川さんが研究して広めてくれたんですよ」

『そうか。ところでニホンシュの件だが、残念ながら行き違いだ。今日、そっちに近衛のギルが受け取りに行っている。そろそろ着く頃だと思うぞ』

「そうですか。わかりました。次回からは広瀬さん経由で引き渡しということでいいですか？」

『こちらとしては、そのほうが楽だから助かるが……ミサキは王家との伝手を手放してしまって構わないのか？』

「構いません」

むしろ望むところです。とまでは、言うのは控えた美咲であった。

そして、アルバートの言葉通り、その日の夕刻には黒塗りの馬車がミサキ食堂の前に横付けされた。

今回は王家の双子は乗っていないようで、近衛のギルだけが降り立った。

「店主はおられるか？」

ギルの声に、美咲は玄関まで出迎えた。

「どうも、店主の美咲です。お酒ですよね」

「はい、ニホンシュ十本を受け取りに参りました」

「玄関先でお話しするのもなんですので、中へどうぞ」

ギルをミサキ食堂のテーブル席に案内すると、美咲は、

「それでは日本酒十本です」

と、あらかじめ呼び出して収納魔法にしまっておいた瓶を十本、テーブルの上に並べた。

「確かにお受け取りしました。こちらは代金となります」

小さな革の袋を手渡される。

階段から、エリーがこっそり覗いているが、ふたりとも、素知らぬ顔でやり取りを続ける。

「それではまた一年後ですね」

「あ、アルバート王子と相談したんですけど、来年からは、対魔物部隊にいる広瀬さんって人から

受け渡してもらうようになります」

「なんと、それは助かります」

「ミストまで来るの大変でしょうからね」

「ガラスの瓶の輸送は気を使わねばならないですからね」

ギルは、酒の瓶を真綿で包み、それを収納魔法にしまって輸送していた。

日本酒は、その中身もさることながら、ガラス瓶の価値もとても大きいため、美術品を扱うように輸送するのだ。

「それではお気を付けて」

「はい、ありがとうございます」

表に出てギルを見送る美咲。

その後ろから、エリーが覗き見ていた。

馬車が遠ざかるのを確認し、振り向くと、エリーが美咲のことを不思議なものを見るような目で見ていた。

「エリーちゃん、どうしたの？」

「いまのひと、だれ？」

「んー、お城の人かな？」

近衛と言ってもわからないだろうと、美咲がお城の人と言うと、エリーの目が好奇心で輝いた。

「……ミサキおねーちゃん、おひめさまになるの？」

お城の人という言葉と、黒塗りの馬車を見てなにやら勘違いをしているようだった。

「ならないよ。いまの人は、お酒を買いに来ただけだから」

「……ざんねん」


翌日の午後、ミサキ食堂がその日の分を売り切って、店を閉めたあと、エリーが美咲のところにやってきた。

「ミサキおねーちゃん」

「どうしたの？」

「いっしょにおそといく？」

「お外？　広場？」

「まちのおそと。キノコとかとりにいくの。ミサキおねーちゃんもくる？」

見れば、エリーの靴はしっかりしたアウトドア仕様になっている。

キノコ狩りに行くということは、マリアも立ち会うのかと見回していると、二階から、傭兵姿のマリアが下りてくる。その後ろには茜もいた。

「マリアさん、どの辺まで出るんですか？」

「町の西側の林に行ってみようと思ってるんです。なにも取れなくても、ピクニックになるかなと思いまして」

「いいですね。私たちも同行してもいいですか？」

「勿論です。護衛は多いほうが安心ですからね」

「ちょっと待っててくださいね、靴、履き替えてきちゃいますから」

そう言うと、美咲は自室に戻った。

部屋に戻った美咲は、スニーカーを脱ぎ、ブーツを履く。

そして、

「念のため、盾と短剣くらいは持っていこうかな」

アタックザックを背負い、右手に盾を装着し、腰の後ろ、左手で抜ける位置にマン・ゴーシュを取り付ける。

近場なので鎧は身に着けない。

「茜ちゃんと私がいれば、たいていの魔物は近寄れないから、これでいいよね」

体をひねってマン・ゴーシュを確認すると、美咲は急いで一階に下りた。

「お待たせしました」

「いえ、それじゃ出かけましょうか。エリー、ちゃんとみんなの言うこと聞くんですよ」

「はーい！」

元気のいい返事に、美咲たちの笑みが零れる。

ミサキ食堂の玄関に鍵をかけると、美咲たちは、西門に向かって歩き出した。

ミストの町の代表的な門といえば、王都に向かう北門と、白の樹海に向かう南門だが、東西にも小さな門が存在する。

西門は、門というよりも通用口と言ったほうが正しく実態を表しているだろう。

南北の門のように馬車がすれ違えるほどの広さも、高さもなく、人が出入りできる程度の小さな出入り口である。

扉こそ分厚く、頑丈な閂《かんぬき》も備えており、門番も立っているが、日中は扉は開放されている。

「あの林まで行きますね」

マリアが指差したのは、三百メートルほど離れた林だった。

小さな森と呼んでもおかしくはないそこまでの道のりはほぼ平坦で、人の行き来がそれなりにあるのだろう、踏み固められた細い道が草原の中を延びていた。

エリーは先頭を尻尾を振りながら歩いている。

その後ろから、茜、美咲、マリアと続く。

「マリアさん、どうしてキノコ狩りなんですか？」

後ろを振り向いて美咲がそう問いかけると、マリアはキョトンとした表情を見せてから答えた。

「そろそろエリーに、自然の中での過ごし方を知ってもらおうと思いまして。獣人なら遅いくらいですよ」

「獣人って言っても、町育ちなんだから仕方ないじゃないですか？」

「自然と触れ合い、自然の恵みをいただくというのは、私たち獣人にとって自然なことなんです。秋の林なら、キノコや木の実くらいは手に入りますからね」

「へえ。なんかいいですね、そういうの」

住んでいた関東平野の住宅街には、林も野原もなかった美咲は羨ましそうにそう言った。

「そうですか？」

「はい」

美咲が視線を前に戻すと、エリーと茜が手を繋いで歩いていた。

美咲は女神のスマホを取り出すと、写真を一枚撮影する。


林にはたくさんのキノコが生えていた。

木の実もそれなりに実っており、エリーは大はしゃぎで林の中を駆け回った。

「エリーちゃん、元気いっぱいだね」

獣人の身体能力の高さを遺憾なく発揮して、エリーは森の中を縦横無尽に動き回る。そんなエリーの後ろを、マリアは片足が悪いという素振りすら見せず、一見するとのんびりという表現があっていそうな風情で、付いて回っていた。

エリーの戦果は、キノコに山ぶどう、柿に栗と多種多様で、それらをマリアが持ってきた籠と、美咲が呼び出したトートバッグいっぱいに詰め込んでいた。

それを見て、美咲が、

「柿は渋柿じゃないのかな？」

と呟いた。

「確か渋柿って、ヘタにお酒を塗って一晩置くと渋が抜けるって言いますよね。美咲先輩、強いお酒って出せますか？」

「ホワイトリカーなら出せるよ」

茜の顔が、ホワイトリカーってなんですか？　と言っていたので、美咲は、

「強い焼酎かな、梅酒とか作るのに使うやつ」

と補足した。

「それじゃ、渋柿だったらそれで試してみましょう」

「うん、そうだね。マリアさん！　荷物もいっぱいみたいだし、そろそろ戻りませんか？」

美咲が声をかけると、足音を感じさせない動きでマリアとエリーが戻ってきた。

「ミサキおねーちゃん、もうつかれたの？」

エリーはマリアの足に抱き着くとそう言って、美咲の顔を見上げてきた。

「私たちは動いてないから疲れてないんだけどね。それにしてもエリーちゃん元気だね」

「エリーは、獣人の子ですから、これくらいは当たり前ですよ」

マリアはそう言って、エリーの頭を撫でる。するとエリーは子犬のように、

「きゃうん」

と鳴き声を上げてマリアの足にしがみ付いた。ふたりとも、尻尾がゆらゆらと揺れていた。

「ミサキさん、戻ったら、厨房を使わせてもらってもいいですか？」

「ん？　いいですよ。栗でも煮るんですか？」

「はい、エリーに自然の恵みを食べさせてあげたいので」

そう言った直後、ピタリとマリアの動きが止まった。

同時にエリーも動きを止めて目だけであたりを窺う。

「……ミサキさん、白狼です」

マリアの囁き声に反応し、美咲は周囲を見回した。

草むらに隠れてよく見えないが、確かに草が揺れている。人間にしては動きがおかしいということだけは美咲にも理解できたので、即座に攻撃に移行する。

「……氷槍！」

氷の槍が草むらを貫く。

「キャイン！」

悲鳴とともに、ガサガサと草の中を走って逃げていくような音が聞こえ、しばらくすると、マリアが警戒を解いた。

どうやら群れからはぐれた白狼だったらしい。ほかに気配もないし、ダメージを与え、撃退できたのであればそれで十分である、という判断である。

「ミサキさん、大丈夫だとは思いますけど、少し急いで帰りましょう」

「ですね。あ、収穫したものは収納魔法で預かりますよ」

「助かります」

四章　白い竜

白の樹海に飛竜が現れたとの報告が入ったのは、長閑な晩秋の朝のことだった。

白の樹海の砦から、ミストの町の連絡担当者に女神のスマホで、連絡があったのだ。

『樹海に飛竜を確認した。記録にある魔物あふれのときの飛竜とは、大きさも形も異なる。数は一！』

飛竜という言葉にミスト側の連絡担当者は、先の飛竜騒動を連想して色めき立ったが、数が一という報告を受けたことで、落ち着きを取り戻した。

「大きさと形が違うというのはどういう意味だ？　また、飛竜はどちらに向かっている？」

『大きさは……馬鹿みたいに大きい。なんであれが飛べるんだかわからないくらいに大きい。形はうまく説明できない。四つ足で翼があって空を飛んでいる……そう、地竜を縦に引き伸ばして、背中に翼を着けたみたいな姿だ。突然、空から降りてきて、いまは白の樹海の上空を旋回している』

「わかった。動きがあったらまた連絡してくれ」

白の樹海の砦のメンバーは、前回の飛竜襲撃のあと、王都から来たメンバーに入れ替わっている。

そのため、本物の飛竜を見た者はおらず、報告はいまひとつ要領を得ないものとなっていた。

ミストの町の連絡担当者は、得られた情報を即座にミストの町の代官と傭兵組合に通達するよう、伝令役の傭兵に指示を出し、続報を待つことにした。

報告を受けた傭兵組合では、美咲とフェル、そして、高火力の魔法《インフェルノ》の使い手たちを、武装と旅装を整えた状態で招集した。同時に、偵察隊を数組組織し、白の樹海へと向かわせる。

「大きな飛竜が現れた？」

ゴードンの話を聞いた美咲は、以前の飛竜襲撃の際に現れた、プテラノドンのような飛竜を脳裏に浮かべて大きくしてみた。単純に巨大化させたそれは、美咲の脳裏では怪獣映画に登場しそうなフォルムになった。

「形も違うらしい。なんでも、地竜を縦に伸ばして、背中に翼を着けたような形だとか」

ゴードンの言葉に、茜は首を傾げた。

茜も地竜なら見たことがある。美味しい魔物という記憶が強いが、その形状は、トカゲやワニに似ていた。茜は頭の中で、ワニを縦に引き伸ばし、背中に蝙蝠の翼を着けてみた。

「……ドラゴンに似てますかね？」

「ドラゴンだと？　アカネ、なにか知っているのか？」

茜は西洋の竜を、東洋の龍と区別してドラゴンと呼んでいた。それを翻訳機能がうまく訳したのだろう。ゴードンは竜とドラゴンを聞き分けて反応した。

「いえ、私たちの故郷の物語に出てくる竜の一種で、ドラゴンがそんな形なんですけどね」

「ニホンだったたか。それで、ドラゴンってのはどんな魔物なんだ？」

「空を飛んで、火を噴いて、金銀宝石なんかの光物が大好きで、頭がよくて、鱗は普通の攻撃では効果がないくらいに硬くて、あとはたいてい悪役ですね。まあ作り話ですけど……あ、色は何色なんでしょう？」

「色が重要なのか？」

「えーと、物語の話ですけど、白いドラゴンは人間の味方だったりすることがあるんです」

色によって攻撃手段が違ったりもするし、黒いのは混沌、白いのは秩序を意味したりするけど、あれって結局のところ、人種差別の名残のような気もします、と呟く茜を横に、

「伝令だ！　白の樹海に飛竜の色を問い合わせろ！」

ゴードンは大声で指示を出した。指示を受け、入り口付近に控えていた伝令が走り出すのを見て、茜はあくまでも架空の話だと再度伝える。

「あの、物語、作り話ですからね」

「わかっている。だが、現状、ほかに情報が一切ないのだ」

まったく情報がないなか、ゴードンとしては、どんな些細な情報もないがしろにすることはできなかった。また、ゴードンの常識としては、物語というのはなにか寓意を含んでいたり、教育のために伝え残すという側面があるもので、だから、ニホンの物語にも同じようななにかがあるかもしれないと期待していた。

「それで、俺たちはなんのために呼ばれたんだ？　まあ、武器防具に旅装を揃えてこいって言われた時点でなんとなく察してはいるけどさ」

ベルがゴードンにそう尋ねると、ゴードンは腕組みをして大きく溜息をつくと、困ったような視線をベルたちに向けた。

「この町の最大火力にはいろいろ頼むことになるだろうから、事前に情報共有をしておきたかったんだが……笑えるほど情報が少なくて済まない。それと、方針を定めたら、白の樹海に向かってもらいたい。現地で偵察隊と合流してもらうが、偵察隊の任務は情報を砦まで持ち帰ることとなる」

「つまり、俺たちはドラゴンってのと戦うけど、偵察隊は戦いには参加しないってことか……まあ、妥当な判断だとは思うけど、俺たちだけで戦力は足りるのか？」

「最大火力と言っても、わたくしたちの魔法の射程だと、空を飛ぶ魔物相手では厳しいと思うのですけれど」

　キャシーがそう呟くと、フェルが頷いた。

「前の飛竜のときだって、美咲のとっておき以外は、ほとんど届かなかったよね」

「レールガンは……また旅に出るのは嫌だよ」

　レールガンの轟音は隠しようがない。誰かが疑問に思って調査を行い、その存在を明らかにされれば、美咲は王都に招聘《しょうへい》され、そのまま軟禁されかねない。

「ミサキには済まないが、町を守るためには使えそうな戦力を遊ばせておく余裕はないんだ。前回の反省から、空を飛ぶ魔物に対抗するために石弩を用意してはいるが、ようやく国の許可が下りたばかりで、塀の上への設置工事はまだこれからなんだ」

　とりあえず、突貫工事でひとつは稼働できる状態に持っていくように指示はしたが、もともとミストの町の塀は、石弩を載せるような構造になっていないため、かなり時間がかかりそうだ、とゴードンは説明した。

「まあ、そういう事情なら仕方ないですね。私だってミストの町を見捨てるつもりはありませんけど、できるだけ情報が漏れないように口止めなんかはしてくださいよ？」

「ああ、それはもちろんだ」

　空を飛ぶ魔物への対策を話し合っていると、伝令が息せき切って戻ってきた。

「……飛竜の色は白だそうです！」

「ご苦労。これはよい報せなのか？　アカネとミサキ、意見はあるか？」

「私はドラゴンには詳しくないです」

　と、美咲は首を横に振った。騎竜や竜人が出てくるＳＦもないではないが、茜の知識ほどバリエーションがあるわけではない。

　茜は人差し指を顎に当てて天井を見上げていた。

「対話の可能性も試してみるべきかもしれませんね」

「魔物と対話だと？　ドラゴンは人間のように話ができる魔物だというのか？」

「物語だと、人語を解するドラゴンもいますよ。まあ作り話ですけど」

「もしも意思疎通ができるなら、無理な戦いを挑む必要はないかもしれんな」

「それで、どうやって意思疎通ができるのかを確かめるの？」

　フェルの質問に、ゴードンは考え込んだ。

「……接近ができるなら、ここにいる皆で囲み、対話ができるかを確かめ、対話ができなかったら即座に駆除に移行する、か」

「正気ですの？」

呆れたような口調でキャシーが言う。

「せめて、本気かと聞いてくれ。人的被害を最小に抑えるには、それが一番だという話だ」

「悠長に魔物に話しかけて、それで返り討ちにあったりしたら、ミストの町の最大火力群の喪失ですわよ？」

「俺はそのドラゴンってのを近くで見てみたいけどな」

ベルは楽しそうに笑いながらそう言った。

「あの、質問なんですけど」

茜が右手を挙げた。

「なんだ？」

「ドラゴンって、迷宮にはいないんですか？」

「迷宮産の魔物については、ミストにはほとんど情報がないな。確かに迷宮の魔物は、特殊なものが多いと聞くが。王都の傭兵組合に問い合わせてみよう」

ゴードンは伝令に、連絡担当者に王都への問い合わせをするように命じた。迷宮に、似た魔物が存在しないか。存在するとしたら、どのように倒しているのか。戦う際に注意すべき点はないか。

もしも迷宮にドラゴンに似た魔物がおり、倒すための手段が確立されているのであれば、危険度は大きく低下する。

「あの、私も質問です」

美咲が手を挙げた。

「なんだ？」

「王都に連絡するのなら、対魔物部隊の派遣を依頼できないんですか？」

「それはすでにビリーがしている。だが、対魔物部隊の対空攻撃力はそれほど高くない」

「それと、ここにいるメンバーでドラゴンの駆除に行った場合、ドラゴンが飛んできてミストを襲ったりしたら、最大火力のいないミストは落ちちゃうんじゃないでしょうか？」

「すれ違うようなら、ミサキの魔法《レールガン》の出番だ」

「有無を言わさず撃ち落としちゃうわけですね」

対話の可能性はどこに行ったのだろう、と美咲は首を傾げる。

「相手は魔物だからな。ミストの町防衛が最優先だ。それに町や砦から離れれば人目はなくなる。レールガンを使っても問題はあるまい」


そうこうするうちに、王都の傭兵組合から、迷宮に似た魔物がいないかなどの質問の答えが返ってきた。迷宮には黒竜という、色以外の外見の特徴がよく似た魔物が存在した。だが、その倒し方は、迷宮の天井の低いところに追い込んで魔法攻撃を集中させるというもので、天井のない白の樹海にいるドラゴンとの戦い方の参考にはならなかった。

「迷宮のドラゴンが黒竜なら、今回の相手は白竜ってことになるのかな？」

美咲の呟きで、暫定名称が決定した。

「それで、どういう作戦で行くの？」

フェルの質問に、ゴードンは指を折って数えながら答えた。

「ひとつ、白の樹海の砦まで荷馬車で移動する。移動中に接敵した場合は、ミサキのレールガンでこれを撃ち落とす。

ふたつ、砦に着いたら、偵察隊に白竜の居場所と特徴を確認する。

三つ、全員で白竜を囲み、対話可否を確認する。対話可能な場合は敵意の有無を確認し、敵意なしと判断した場合は一時撤退。

四つ、敵意あり、または対話不可能な場合は速やかに駆除する」

どうだ？　と、片方の眉を上げて皆を見回す。

「組合長はどうするんだい？」

ベルに問われ、ゴードンは肩を竦める。

「ここで留守番だな。万が一、白竜がこっちに来た場合に備えにゃならん」

「もしも、わたくしたちの到着時点で白竜が行方不明になっていたらどうするんですの？」

「お前ら、女神のスマホを持ってるって聞いてるぞ？　動きがあったら、砦からそっちに連絡するように指示する。番号を教えといてくれ」

「誰に聞いたんですの？　……まあいいですわ。それではわたくしの番号を代表でお伝えしておきますわ」

「助かる。それでだ、白竜がミストの町以外のどこかへ飛んでいくなら、お前らは戻ってきて構わない。というか、その場合はなにを置いても大至急戻ってきてくれ。迂回してミストの町を急襲でもされたら堪らんからな」

「白竜の駆除に失敗して逃げられた場合も同じですわね？」

「ああ」

　ゴードンは短く答える。それを聞いていた茜が口を開く。

「白竜が逃げた場合と、戦って私たちが負けた場合は、可能ならミストに戻るというのはわかりましたけど、なにかあって、戻るのが無理そうなときは最低でも連絡入れたほうがいいですよね？　ミストの町の連絡担当者の番号、教えてください」

「ああ、あとで教える。それとだな、戦って勝った場合も負けた場合も連絡を頼む。とにかく状況の変化があったら、連絡を入れるようにしてほしい」

「あ、美咲先輩、マリアさんにはなにも言ってきてませんよね？」

　緊急の魔物駆除の依頼だろうと思ってやってきた美咲たちだったが、白の樹海まで行って駆除をするのであれば、泊まりになる可能性が高い。

「そうだね。一度戻ってもいいですか？」

「すまんが、そろそろ砦に移動を開始してほしい。伝言があれば傭兵組合が預かり、責任を持って伝えよう。不足している道具などがあれば組合の倉庫から好きなものを持っていってくれ」

「それじゃ、指名依頼で白の樹海のほうに行くから、帰ってくるまで、お店はお休みにするってマリアさんに伝えてください」

「ああ、わかった」

ゴードンは、キャシーと番号の交換を行うと、立ち上がって閉会を宣言した。

「それでは、これで伝えることはすべて伝えた。これより砦に向けて出発してもらう。よろしく頼む」

◆ ✳ ◆

美咲たちを乗せた荷馬車は、白竜とすれ違うこともなく、白の樹海の砦のそばまで到達していた。馬車に荷馬車を選んだのは、全方位の警戒がしやすく、気付かずに白竜とすれ違ったりしないようにとの配慮である。

荷馬車からの眺めは実によかった。

白の樹海の中に降り立って丸くなっている白竜の背中が見えるほどに。

「……冗談だろ？　あの大きさ。背中まで砦の塀くらいあるよな。なんとかなるのかよ、あれ」

白竜の背中を見て、呆れたような口調でベルが呟く。その顔色は少々青ざめていた。

「そうですわね。あの大きさでは、インフェルノでは威力が足りないかもしれませんわ」

そう答えるキャシーの顔色もあまりよろしくなかった。

「あんなところでなにしてるんでしょうね？」

茜は疑問を口にする。白竜の背中は、白の樹海の木々の向こう側で、小刻みに動いていた。たまに、ぐるりと反転したりもしているし、白竜の周辺にはうっすら土煙が上がっている。

「……その辺の情報は偵察隊の人たちに期待しようか」

レールガンの弾体を握りしめ、美咲はそう答える。

美咲のレールガンは基本的な仕組みこそ地球に存在するレールガンと似ているが、加速に使うための砲身は短く、威力はそこまでのものではない。

弾の初速こそマッハ一・九だが、直径〇・五インチ（十二・七ミリ）のいわゆる五十口径のライフル弾を使用する対物ライフルの弾丸の初速がマッハ二・六ほどであることを考えれば、むしろ初速は遅いとさえいえる。弾丸の質量が同じなら、運動エネルギーは速度の二乗の変化となる。速度が二倍になればエネルギーは二の二乗で四倍になり、速度が十倍ならエネルギーは十の二乗で百倍になるわけだ。美咲の使用する弾体の重量が五十口径ライフル弾頭の二・六倍近いとはいえ、美咲のレールガンの運動エネルギーは、対物ライフルの一・三倍ほどでしかなかった。

白竜の大きさを目の当たりにしてしまうと、自分のレールガンで、本当に白竜を倒し切ることができるか自信が揺らぐ美咲だった。

「あのデカブツと対話できるか確かめるなんて、ちょっと笑えないよね」

そう言いながらも、フェルは笑っていた。ベルやキャシーよりも、まだ余裕があるようだ。

「とにかく、砦に入って偵察隊の情報をもらいますわよ」

キャシーの号令で、荷馬車から降りる一行を、砦の前にいた傭兵が出迎えた。

「俺はパーシー、偵察隊の隊長だ。君たちのことは、砦の女神のスマホで連絡を受けている。白竜から目を離したくない。ここで情報を摺り合わせるってことでいいか？」

「構いませんわ」

「摺り合わせると言っても、見ての通りだがな。ヤツはまず、一帯の木々を焼き払い、そこに降りて、地面を掘り返したと思ったら、また火を噴いて、あとはずっと地均《じなら》しのようなことをしている」

「巣でも作ってるのか？」

ベルの質問にパーシーは肩を竦めた。

「わからんよ。ただ、そう見える行動を取っているとだけしか言えない」

「それ以外の行動は？」

キャシーの問いに、パーシーは首を横に振った。

「ずっと同じ場所で地均しに見える行動を取っているだけだ。あんなデカブツ相手に、なんとかなりそうか？」

「やってみるしかありませんわね」

「そうか。早速いまからヤツのところまで案内するってことでいいか？」

「そうしてくださいまし……ミサキさん、あの小山のような背中を見たうえでの感想を聞かせてください。どうです、倒せそうですか？」

キャシーは振り返り、美咲にそう尋ねた。その問いに美咲は難しい表情をする。大きさというのはそれだけで武器になる。無為無策であれば小さな生き物が十分に大きな生き物を倒すのは難しい。だから小さい生き物は群れを作り、素早く動き、毒や牙といった武器を持ったりする。

美咲たちには数や速度はないが、魔法という武器ならある。だが、効果の程は未知数だった。ある程度距離が離れれば、白竜と比較したらとても小さい白狼の毛皮ですら魔法を弾くのだ。

「あの大きさだからね。やってみないとわからないけど、それでも作戦を立てるのなら、対話不可能となったら、私以外の全員が白竜の顔面にインフェルノ。私がレールガンで胴体中央を狙う。それで効果がありそうなら全力で攻撃を継続。効果がないなら撤退って感じかな。白竜が生き物で、私たちと同じように呼吸をしているのなら、インフェルノで熱した空気が肺に入れば、多分それだけで窒息すると思うし、レールガンで内臓にダメージを受ければ、それで死ぬかもしれない」

「なるほど、魔物の多くは毛皮や皮が魔法を弾きますから、内側から焼くというのは理に適ってますわね……それでは、これから白竜のところに向かうとミストの町に連絡いたしましょう」

キャシーは女神のスマホを取り出すと、ミストの町の連絡担当者に電話をかけた。

「キャシーです。砦に到着しました。白竜は現在白の樹海で地均しに見える行動をしています。これより白竜と接触するため、白の樹海に踏み込みます。組合長にその旨をお伝えください」

用件を伝えたキャシーは、パーシーに向かって、

「それでは参りましょう」

と、短く告げた。

樹海に近付くと、白竜が動く足音と振動が伝わってきた。

微かに焦げ臭さも感じるし、舞い上がる埃によって少し霞がかかっているようにも見える。

「話が通じればいいけど」

美咲が呟くと、フェルが頷いた。

「うん。あの大きさとは戦いたくないね」

「全員のインフェルノを頭に直撃させたら、たいていの生き物は死ぬと思いますけどね」

茜は美咲の計画で簡単に倒せると考えているようだった。だが、美咲と茜以外の魔法の射程距離は二十五メートルほどと短い。白竜の頭の高さを考慮すると、二十メートル以内まで接近しないと魔法を命中させるのは難しい。

そんなことを話しながら歩いていると、樹海の手前に到着した。

樹海外縁部を覆う灌木地帯は、現在は一カ所だけ、踏み分けた道ができていた。

「ここから樹海に入る。白竜の影響で、近くに魔物はいないと思うが、警戒は怠らないでくれ」

パーシーが先導するように灌木の踏み分け道に足を踏み入れる。一行が、その後ろに張り付くようにして、灌木のエリアを抜けると、そこには、鬱蒼とした樹海特有の植生が広がっていた。

「こっちだ」

先行するパーシーのあとを追う一行。パーシーは樹海の中をひょいひょいと歩いていくが、美咲たちの歩みは遅い。美咲は、収納魔法にしまいこんでいた金剛杖を取り出すと、杖をつきながら慎重に歩を進めた。進むにつれ、樹海に入る前から響いていた白竜の動く音と振動が大きくなってくる。と同時に焦げ臭さも増し、砂埃の量も増加する。

前方が明るくなったところで、パーシーは、歩みを止めた。

「前方の明るいあたりが樹海の木が焼き払われた部分だ。そこに白竜がいる。俺は万が一の際に結果を報告するため、離れたところで監視させてもらう」

「わかりましたわ。ここからはわたくしたちだけで参りましょう。わたくしが代表で白竜に声をかけます。皆は一撃で全滅しないように、間隔を空けた位置取りをしてくださいませ」

「そりゃいいけど、キャシー、大丈夫か？　足が震えてるぜ」

ベルの言葉に、皆がキャシーの足に注目する。そこには僅かだが震えが見て取れた。

「これは戦いを前にして体に力が入りすぎているだけですわ。ベルは黙ってらっしゃい！」

「ならいいんだけどさ」

「わたくしが白竜の前方から接近しますから、皆さんは、少し離れた位置で間隔を空けて魔法攻撃準備です。射程距離と間隔を空けることを意識して位置取りをしてくださいませ。ミサキさんはレールガンの準備をお願いしますわ」

「キャシー無理してない？」

フェルの言葉に、キャシーは深呼吸をしてから首を横に振る。

「……大丈夫ですわ」

少し落ち着いてきたのか、キャシーは冷静にそう答えた。

一行は樹海の中、不自然に明るい方向へと進んでいく。白竜が動く振動で木々が揺れている。焦げ臭さも増していた。やがて、唐突に樹海の木々が途切れる。かなりの広さが白竜によって焼き払われ、掘り返され、地均しされていた。その中央付近で、白竜は地面を踏み固めていた。その行動は、野生動物が巣を作ろうとしているだけと見えなくもないが、踏み固めているエリアが比較的綺麗な正方形であることから、なんらかの計算が行動の裏にあるようにも見える。そして、そんな行動を取っている白竜の姿は、地球の西洋のおとぎ話に出てくるドラゴンによく似ていた。

「……行きますわよ」

キャシーは小さく呟くと、白竜に向かってひとりで歩き出した。美咲たちはキャシーから少し離れた位置を慎重に移動する。魔法の射程距離を意識しなければならないため、離れるといってもせいぜい五メートルだ。白竜が尻尾でも振れば、全員一度に吹き飛ばされてしまうだろう。

キャシーが白竜まで十五メートルのところまで近付くと、白竜は動きを止めた。

「……白竜よ！　わたくしはキャシー！　わたくしの言葉がわかるだろうか？」

キャシーが名乗りを上げると、白竜は興味深いものを見た、といった風に目を細め、僅かに首を傾げた。

「白竜よ！　わたくしの言葉がわかったら、二回頷いてほしい！」

『……小さき者よ。なにをしに来た？』

美咲たちの頭の中に声が響いた。

「こ、ここのそばには人の町がある！　なぜ、このような場所に巣を作られる？」

白竜は、美咲たちとキャシーを交互に眺め、その場で伏せる。

『我に意見するか、小さき者よ』

そのまま白竜は首を伸ばし、鼻先をキャシーに近付けて鼻息を吹きかける。

思わず悲鳴を上げそうになったキャシーだったが、数歩後退るだけで恐怖を堪えた。

「あなたが人に仇なす存在であれば！」

『威勢がいいな。だが、それは蛮勇ぞ』

白竜は首を美咲たちのほうに伸ばした。

『お前たちも黙って見ておれ。黙っておれば小さき者に振るう爪は持たぬ』

白竜は身を起こすと、地均しの作業を再開した。

白竜との対話のあと、美咲たちはキャシーと合流し、白竜が作った広場の片隅で、白竜の地均しの様子を観察することにした。

「頑張ったね、キャシー」

フェルがキャシーに声をかけると、キャシーはその場で蹲《うずくま》りそうになった。

それでも踏みとどまり、一言、

「……気が抜けましたわ」

とだけ呟いた。

「本当に対話ができるとはびっくりだな」

ベルの言葉に、頷く美咲と茜。言い出した茜にしてもそういう物語を知っていただけで、本当にドラゴンと対話ができるとは信じてはいなかったのだ。

「なんにしても、戦わずに済んでよかったよ」

「美咲先輩なら、あんなの倒せると思いますけどね」

「無理言わないで。レールガンでもあんなの倒せないよ」

「そんなことないと思うんですけどね。それにしても、あの白竜、なにやってるんでしょう？」

「平地を作ってるようにしか見えないけど。巣作りとか？」

白竜の動きが止まった。

『巣ではない。我が眠りはつい先頃、終わったばかりだ』

「聞こえてたみたいだね」

フェルが囁く。

『我が主、名もなき神の命により、ここに門を設置する』

「……門？」

白竜の言葉に美咲は首を傾けた。

『小さき者たちが群がる門よ』

白竜の周囲に複数の魔法陣のようなものが浮かび上がる。と、同時に白竜は大きく羽ばたき、地均しをした広場の上でホバリングをした。

『見ておれ』

複数の魔法陣がさらに大きな魔法陣に取り込まれ、広場全体を覆い尽くす。横だけではなく縦にも魔法陣が展開され、広場と白竜の間に黒い穴が口を開けた。

空中に開いた穴から、たくさんの石レンガがゆっくりと下りてくると、それらは広場を埋め尽くし、石畳を作り上げた。

次いで、大きな門が穴から姿を現す。

見覚えがあるような気がする、と考える美咲の隣で、キャシーが声を上げた。

「……迷宮の……門ですわ」

キャシーが掠れた声でそう呟くのと同時に、門は石畳の上に着地する。

ズシン、という重たい振動が響くと、魔法陣と空中の穴は消失した。

『百年ぶりの新しい門ぞ。これを小さき者の世に知らしめよ』

白竜はそう告げると、そのまま天空高く飛び去っていった。


設置された門は、誰も触れてもいないのに、自動で開閉されていた。

よく見れば、門のそばの石畳の上に、魔法陣が刻まれており、その紋様は、青の迷宮の帰還用の魔法陣に酷似していた。それらを確認した美咲たちは、パーシーと合流した。

「一体なにがあったのですか？」

白竜との会話は、パーシーには聞こえていなかった。

キャシーは、白竜との会話の内容をパーシーに伝えると、女神のスマホをパーシーに手渡した。

「これを使って組合長に連絡を入れてください」

「いや、又聞きでは報告の精度が落ちる。君から報告してくれ。俺は石畳のあたりを調べる」

「……わかりましたわ」

キャシーは頷くと、ミストの町の連絡担当者に電話をかけ、連絡担当用の女神のスマホを傭兵組合に持っていってもらい、それを使ってゴードンに状況を報告する。

キャシーの報告を受けたゴードンは、唸り声を上げてから慎重に言葉を選んで返事を寄越した。

『あー……キャシーたちは、一度ミストに戻ってきてくれ。……門の件は傭兵組合の手に余る。ビリーの領分だ、これは。そうなるとビリーに正確な報告ができる人間が必要だ……白竜は姿を消したんだから、指名依頼は達成でいいだろう。だが少し、いや、いろいろ問題が出てきそうだ』

問題があった。むしろ問題だらけだった。

白竜は〝名もなき神〟の指示で、この世界に百年ぶりに門を作製したという。

キャシーたちの見立て通り、今回作られた門が迷宮の門だとした場合、ユフィテリア以外の神が迷宮を作製したということになる。

この世界に干渉する女神はユフィテリアと、その姉女神の合計四柱とされている。それが正しいのであれば、〝名もなき神〟の正体は、名前が伝わっていない、ユフィテリアの姉女神たちのいずれかであろう。だが、姉女神はいずれも悪戯好きで、過去は悪神とまで言われていた存在だ。そのような存在が作製を指示した迷宮に不安がないはずがなかった。

また、知られている限り既知のすべての迷宮の門は、気付いたらそこに存在していた。

百年前に作られた迷宮の門があるのなら、その伝承があるはずだが、そんな伝承や百年前から知られるようになった迷宮の存在など、傭兵組合には伝わっていなかった。つまり、未知の迷宮が今回のものとは別に、少なくともひとつ以上存在するということになる。迷宮は富と名誉を生み出す装置だ。未知の迷宮があるという情報が広がれば、国内外で未発見の迷宮探索の気運が高まるだろう。

　また、今回、新しい迷宮が白の樹海に作製された。当然、国がこれを管理しようとするだろう。

だが、白の樹海は魔物の巣窟であり、過去に開拓に失敗した場所でもある。いままでの迷宮は、その周囲に人が集まって自然と町が形成されたが、今回は場所が悪い。開発するには十分な人員と、それを魔物から守るための護衛が必要となる。樹海を切り拓くとなれば時間もかかる。そうなれば、相応の費用も必要となる。ミストの町だけでどうにかなるレベルではない。

　だが、悪いことばかりではない。

　現在のミストの町は、王都からの距離こそ近いものの、行き止まりの町だ。農耕が盛んなため、王都との間の流通はそれなりにあるが、人の動きは少ない。しかし、白の樹海の迷宮が人を集めるようになれば、ミストの町は中継点となり、いまよりも人や物の動きが活発になるだろう。過疎化が進んでいたミストの町にとってそれは、大きなチャンスでもあった。

『とにかく、俺はこの話をビリーに伝える。そうだ、パーシーはそこにいるか？』

「あの方たちでしたら、門の周辺を調査すると仰ってましたわ」

『そうか……なら、お前たちはミストの町に戻ってきてくれ。白竜が消えた以上急ぐ必要はない。安全を最優先としてくれ。ああ、言うまでもないだろうが迷宮の門の件は他言無用だ。全員に通達しておいてくれ。おっと、例外として、キャシーはビリーにだけは女神のスマホで連絡を許可する』

　言外に、父親にうまく伝えておけと言うゴードンに、キャシーは頭痛を堪えるようにこめかみに手をやると、電話を切った。

「どうしたんですか?」

茜の問いに、キャシーは大きな溜息をついた。

「いえ、これからのことを考えたら、少し頭が痛くなってきただけですわ」

キャシーは傭兵だが、ミストの町では代官の娘という顔も持っており、それなりの教育も受けている。それだけに、今回の事態がなにを引き起こすことになるのか、比較的正しく予見していた。

「キャシー、今日の行動方針は?」

フェルに聞かれたキャシーは、

「ミストの町に戻りますわ」

と答え、現状、それができないことに気付く。

もう日は沈みかけている。いまから戻るとなると、ミストに着く前に完全に日が落ちてしまう。夜になれば門も閉じられてしまい、南門から町に入ることはできなくなる。王都側の門まで行けば、王都からの馬車に対応するために門番がいるので開けてもらえるが、これは厳密には禁止行為である。誰かの馬車に乗ってということなら話は別だが、代官の娘であるキャシーが率先して禁止行為をするわけにはいかない。それに、夜間は魔物の活動が活発になる。白竜の脅威がなくなった以上、危険を冒して、夜間の移動を強行する必要はない。

「……帰れないとなると、今晩は砦に泊めてもらうしかなさそうですわね」

砦は宿泊施設ではないが、白の樹海から避難してきた者や、王都からの応援を収容するための大部屋が複数設けられている。そこを借りよう、と、キャシーは足早に砦に向かっていった。

「それじゃ、馬を砦内に収容させてもらわないとな」

ベルはミストの町から乗ってきた荷馬車から馬を外すと、手綱を引いて砦の中の厩舎に馬を入れ、収納魔法から飼い葉を取り出して馬に与える。

残った美咲と茜、フェルは、顔を見合わせると、キャシーとベルのあとを追って砦に入った。


砦では、大部屋を借りることができた。大部屋の壁は石が剥き出しだが、床は一段高く板が張ってあり、地竜騒動のときに泊まった、ミストの砦よりも居心地はよい。部屋の扉がある部分は土間のように石の床が剥き出しになっており、全員、そこでブーツを脱いで板張りの床の上に上がる。

十畳ほどの部屋に入った美咲たちは、革鎧を外してくつろいだ格好になった。

美咲がアタックザックを開けて、中から食べ物を取り出そうとしていると、茜が近付いてきた。

「お布団とかないんですよね？　どうやって寝るんでしょうか？」

「マントに包まって寝るんだけど。あ、茜ちゃん、もしかしてマントは持ってきてない？」

茜に問われ、美咲が茜に耳打ちすると茜は頷いた。

旅装ということで下着やシャツの替えは持ってきているが、急な話だったので、マントを持ってくるというところまで気が回らなかったのだ。

「ちょっと待っててね」

美咲はフェルの注意を引かないように大部屋を出て、厩舎のそばまで行き、茜の分のマントを呼ぶと、それを抱えて部屋に戻り、茜にマントを手渡した。

「これ使ってね」

「ありがとうございます。なんかゴワゴワしますね」

「まあ状態は新品だからね。何回か着てると馴染んでくるよ」

茜は立ち上がってマントを羽織った。

「……ぶかぶかです」

「鎧の上にまとうものだからね。茜ちゃんが持ってるのも同じ大きさでしょ？」

「なるほど」

ペタンと座り込み、マントに包まる茜。

「うん、暖かい。これなら眠れそうです。助かりました」

「早目に気付いてよかったよ。さてと。フェル、夕ご飯ってどうするの？」

「ん？　手持ちの保存食とか干し肉を齧るとかだね？　砦だって余裕ないだろうし」

「そか、それじゃ、買い置きのパンと、あとチョコレートがあるから出しておくから食べてね」

美咲は、アタックザックからチョコレートを詰めた木の箱を取り出して床の上に置く。続いて収納魔法にしまっておいた、買い置きのパンを載せた木皿を数枚、チョコレートの横に並べた。

「みんなー、ミサキから食料のお裾分けだって」

「どれどれ、ミサキの食べ物はどれもうまいから楽しみだよ」

「ミサキさんの収納魔法には、いつも驚かされますわね」

ベルとキャシーがパンとチョコレートを囲むように床に座り込む。

「みんな、ご自由にどうぞ」

口々に礼を言い、パンとチョコレートの夕食が始まった。

翌朝、まだ日が出ないうちから美咲たちはミストの町に向けて出発した。

パーシーたち、偵察隊のメンバーは、まだやることがあるとのことで、砦に残っている。

砦からミストの町までは、馬車であれば二時間弱といったところである。自転車でのんびり走る程度の速度で、馬車は小さい丘の間を縫うようにしてミストの町を目指す。

馭者《ぎょしゃ》台にはベルが座っており、荷台からは茜が食い入るようにベルの手元を覗き込んでいた。

「ベルさん、特に操作しているように見えないんですけど、なにかやってるんですか？」

「んあ？　ああ、馬車の操作のことか。道なりに走るときはなにもしないな。進め、曲がれ、止まれ。だいたい、それだけだぞ。慣れが必要なのはいつ手綱を引くかだな。早すぎても、遅すぎても乗り心地は悪くなるからな」

ベルに馬車の扱い方のレクチャーを受ける茜。馭者をやってみたいお年頃のようだ。

ミストの町に着く頃には、地平線に太陽が顔を覗かせていた。

門番に挨拶をしながら門をくぐると、ミストの町は、まだ塀の影に覆われていた。

「傭兵組合に馬車を返しに行かないとな」

「ですわね。この時間だと、さすがに組合長はいないでしょうから、受付に声をかけて馬車の返却と帰還したという伝言だけしましょう。報告はのちほどわたくしがやっておきますわ……女神のスマホで必要なことは全部伝えてしまっていますけど」

「報酬の受け取りは各自で？」

フェルの問いにキャシーは頷いた。

「各人に個別に出された指名依頼ですから、それでいいと思いますわ」

馬車が傭兵組合に到着すると、ベルが代表で組合に入っていく。

しばらく待っていると、ベルが戻ってきて、

「組合長が呼んでる。みんなに話を聞きたいって」

と告げた。

「もう仕事に出てらっしゃるの？　仕事熱心だこと。それでは皆さん、参りましょうか」


傭兵組合の会議室に入ると、疲れた表情のゴードンが皆を出迎えた。全員を椅子に座らせると、ゴードンは皆の顔を見回し、

「よく無事に戻ってくれた。白竜と門について、皆が見て感じたことを聞きたい」

と言った。

「わたくしは電話で話した通りですわ」

そう言って肩を竦めるキャシーにゴードンは頷く。

「ではベル。白竜はどのように見えた？」

「山のようにでかい。頭がよさそう。あと強そうかな」

「戦って勝てそうか？」

「無理だろ、あれは。人間がどうこうできる大きさじゃない」

即答するベル。

「そうか。白竜は、また飛来すると思うか？」

ゴードンの問いに、今度はしばらく考えてからベルは答えた。

「……ないと思うな。目的は果たしたって感じだったし」

「門はどう見えた？」

「まんま、迷宮の門だね。見た目はネルソンの町で見た青の迷宮の門にそっくりだったし、門も自動で開閉をしていたよ。あれで迷宮の門じゃなかったら詐欺だ」

「なるほど」

ゴードンは、フェル、美咲、茜の順に、白竜と門について質問を繰り返した。

茜が、美咲なら白竜に勝てると威勢のいいことを言ったのと、同じく茜が、迷宮の門がわからないと首を傾げた以外は、全員ベルと同意見だった。

「それで組合長、そんなことを聞くためにわたくしたちを呼んだのですか？」

ゴードンは首を横に振る。

「いや。聞き取りをしたかったのは確かだが、まずは改めて口止めだ。今回の件については、俺が許可するまで他言はしないでくれ」

白竜という巨大な魔物の存在と、新しい迷宮の存在、いずれも下手に口外されれば、大騒ぎになるのは目に見えている。それを理解している美咲たちはゴードンの言葉になにも言わずに頷いた。

「それとだ、お前たちには指名依頼を頼みたいと考えているんだ」

ゴードンの言葉に、キャシーは重い溜息をつく。

新しい迷宮の存在を知る人間を増やさず、今後を見据えて調査を行うには、自分たちにいろいろと依頼せざるを得ないということに気付いたのだ。

「……指名依頼の内容は迷宮探索でしょうか？」

「いや、探索は、パーシーたちに任せる。お前らには、砦までの荷運びと連絡役を頼みたいんだ」

「連絡ってことは、目当ては俺たちの女神のスマホか？」

「まあそれもある。それと、迷宮付近までの物資輸送を頼みたい。これからしばらく、結構な期間、砦で世話になるだろうからな。砦に物資を備蓄しておきたいんだ」

「あの、連絡役ってことは、誰かはミストの町に残るんですか？」

美咲の問いに、ゴードンは片手で自分の頬を撫でながら答える。

「お前ら全員、収納魔法は使えるんだよな？　物資輸送は全員に依頼したい。門側の連絡要員としてキャシーが砦に詰め、ミストの町の連絡要員としてベルには傭兵組合に詰めてもらいたい」

「わかりましたわ」

「町は俺かよ。まあ黙って椅子に座ってるだけで金が稼げるってのはありがたいけど」

キャシーとベルが納得したのを確認し、ゴードンは全員を見回し、頭を下げた。

「これから迷宮関連の依頼は、お前たちに頼むことが多くなるはずだ。すまんがよろしく頼む」

物資の輸送については、まだ荷物の準備が整っていないとのことで、翌日早朝、再び集合することとなった。ミサキ食堂に到着すると、茜は大きく背伸びをした。

「美咲先輩、昨日は疲れましたねー」

「そうだね。板の間で雑魚寝だったし、今日は一日寝てようか」

「ですねー」

「おかえりー」

ドアを開けると、エリーが出迎えた。美咲たちを見上げて尻尾をゆらゆらと揺らしている。

「エリーちゃん、ただいまー」

茜が抱きしめると、エリーは苦しそうにじたばたと暴れる。逃げられないように抱きしめて尻尾を撫でていると、エリーは大人しくなって茜にもたれかかった。

「アカネおねーちゃん、くるしい」

そう言いつつも逃げるのを諦めたエリーは、茜の腕の中で、唯一自由になる尻尾をパタパタさせる。美咲はエリーの頭を撫でつつ、その狐耳を指でなぞる。

「きゃははは！　ミサキおねーちゃんくすぐったい！」

「あらら、ごめんね」

「んー、エリーちゃん成分補給完了ー」

茜が拘束を解くと、エリーは数歩後退り、首をコテンと傾けた。

「おしごとおわり？」

「終わったよ。マリアさんは？」

「ごはん、かいにいったの」

　ミストの町のパン屋は早朝から店を開けている。

　マリアはエリーを置いて、そのパン屋に朝食のパンを買いに出ていたのだ。

「そっか、お留守番できてえらいね」

　美咲が頭を撫でようと手を伸ばすと、エリーはその手をかいくぐって茜の後ろに隠れる。

「ミサキおねーちゃんたち、ごはんは？」

「適当になにか作るから一緒に食べよう」

「うん！」

　元気に頷くエリーと手を繋ぎ厨房に入った美咲は、作るのに時間がかからず、軽めで、多少冷めても美味しいものということで、ナポリタンを作ることにした。小鍋ふたつにお湯を沸かし、片方でパスタを茹で、もう片方でレトルトのナポリタンソースを温めはじめる。

　そうこうするうちに、マリアが帰ってきた。

「ただいまー」

「おかえりなさーい」

　エリーがパタパタと玄関に走っていく。

　その後ろ姿を眺めながら、美咲はパスタの固さを確認した。

「んー、ちょっと固めかな？」

「マリアさん、帰ってきましたね。パスタ、そろそろいいんじゃないですか？」

「そだね。それじゃ茜ちゃんはパスタソースの準備をお願いね」

「はーい」

美咲がパスタを皿に取り、茜がレトルトのパスタソースをかけていく。でき上がったらテーブル席に配膳する。

「ミサキさん、アカネさん、戻られてたんですね」

厨房を覗いたマリアが声をかけてくる。美咲は配膳をしながら頷いた。

「うん。ただいま。マリアさん、パスタ作ってあるけど食べる？」

「あ、いただきます。今日は食堂を開きますか？」

「今日、明日はお休みだね。今日は眠いからこれ食べたら、お風呂入って寝るし、明日はまた砦までとんぼ返りなので」

「……大変ですね。また指名依頼なんですか？」

「砦に荷物を運ぶのを頼まれたんですよ」

「ああ、なるほど」

流通において、収納魔法がどれだけ重要な魔法なのかをよく知るマリアは、それで納得した。

「指名依頼が続けて来るなんて、魔法使いはすごいですね」

「たまたまだよ」

白竜の秘密を守るためとは言えない美咲は、そう言って苦笑した。

茜を先に風呂に入らせ、美咲は自室に戻ってベッドに転がった。

「あー、疲れたー」

履物を脱いだ足をバタバタさせて、ベッドの横にしつらえた本棚に片手を伸ばす。

適当に一冊抜き出すと、パラパラとページをめくる。

「これかぁ……続き、読みたいなぁ」

この世界に来る前まで読んでいた未完の小説を胸に抱き、ベッドの上に仰向けに転がる。

美咲のスキルは、美咲が買った物を呼び出すものだ。買ったことがないものは呼び出せない。

つまり、美咲が買ったことのない小説は読むことができない。

この世界にも本は存在するが、それは手書きの高価なもので、簡単に手に入るものではないし、手に入るとしても、地球の小説ほど洗練されてはいないし、ましてやＳＦなど望むべくもない。

しばらく本を抱いたまま目をつむっていた美咲だったが、

「……お父さんもお兄ちゃんも、ちゃんとご飯食べてるかな」

などと呟きながら、疲れが出たのかそのまま眠りに落ちていった。

Special

キャラクターデザイン公開

life.04

Illustration：shimano

『ファンタジーをほとんど知らない女子高生による異世界転移生活』で活躍するキャラクターたちのデザインラフ画を特別公開します！

ルーシー・ミスト

ミストの町の代官で商業組合を取り仕切るビリーの娘（貴族）。のんびりとした雰囲気のお嬢様で、父と兄、姉のことが大好き。

ベル

ミストの町の傭兵。接近戦も得意な魔法使い。育った環境に男性が多かったこともあり、一人称は『俺』。

サティ

魔法協会の研究職員で、現在は小川の秘書官を務めている女性。真面目な性格で、小川のことを尊敬している。

あとがき

コウです。先日発売された漫画版の一巻、原作者なのに爆笑しながら読んでいます。もうね、なにをどうすればああなるのやら（褒め言葉）。

さて、四巻にしてようやく迷宮を登場させることができました。一巻から、名前だけは登場していたのですが、あまりに昔のことすぎて、覚えている方はいないかもと震えております。

時事ネタです。これを書いているのは西暦二〇二〇年八月です。まだコロナ禍のさなかで、旅行なども控えております。私は基礎疾患があるので、感染したら重篤化するだろうなと怯えつつ、いろいろなニュースで情報収集をしていて、おや、と思うものを見付けました。ＳＦ映画やアニメでお馴染みの、空中に映像を表示して、手や指で直接操作するような技術開発のニュースです。ああいうのって、わかりやすくＳＦっぽいけど、実際に開発しても売れない技術だと思っていたのですが、タッチパネルに触れずに操作ができることから、感染リスクを低減できると開発が進んでいるとか。まさか、疫病が原因でそういう技術開発が行われるとは、予想もしていませんでした。

何事にも歴史や背景があるのだな、と感じ入りました。

本文にも書いていますが、美咲のレールガンについて。美咲は地球のレールガンの仕組みを参考にしているだけで、威力はまったく及びません。初速はマッハ一・九で対物ライフル（参考にしたものはマッハ二・六とかでした）以下。弾丸が大きくて重いので、威力はそれなり。弾丸サイズはざっくりですが、対物ライフルのそれより、直径、長さともに二倍。太いマジックペンに近い大きさで、材質は鉄。重量比は二・六倍といったところです。ちなみに白竜の鱗は戦車の前面装甲に近いものがありますので、薄い部分なら撃ち抜けるかもしれません。

では、恒例の答え合わせです。今回は少なめです。

美咲の父の蔵書にあったという、幽霊が出てくる昭和時代の日本のＳＦ小説。新井素子先生の『二分割幽霊奇譚』。モグラも大活躍です。この本で、ヒミズという生き物の存在を知りました。茜と不老長寿について話しているときに少しだけ触れた、長命種が短命種を導くお話はいろいろあり、特定のどれ、ということはありませんが、ロバート・Ｌ・フォワード氏の『竜の卵』が印象的です。ただ、長命種と聞いて思い出すのはロバート・Ａ・ハインライン氏の『メトセラの子ら』。小説ネタじゃありませんが、「チャーリー、転送を頼む（Mr.Scott, beam us up.）」、は『スタートレック』ですね。転送って仕組みを考えるとなかなかに怖い代物です。

それでは謝辞を。

ネットで応援や感想をくださった皆様、誤字脱字をご指摘くださった皆様。力尽きずに頑張れているのは皆様のお陰です。

冷静なご指摘をくださる担当編集のＹさん。いつもありがとうございます。

描写の少ないキャラに形を下さったイラストレーターのshimano様、今回もありがとうございます。理屈っぽい小説を原作者が爆笑するほど面白い話に仕上げてくださった漫画版作者の游紗吹香さん、たくさんの細かな注文にご対応くださりありがとうございます。

そして本書を手に取ってくださった皆様に最大の感謝を。

ファンタジーをほとんど知らない女子高生による異世界転移生活 4

2020年11月6日 初版発行

【著　　者】コウ

【イラスト】shimano
【編集】株式会社 桜雲社／新紀元社編集部
【デザイン・DTP】株式会社明昌堂

【発行者】福本皇祐
【発行所】株式会社新紀元社
〒101-0054　東京都千代田区神田錦町1-7　錦町一丁目ビル2F
TEL 03-3219-0921 ／ FAX 03-3219-0922
http://www.shinkigensha.co.jp/
郵便振替　00110-4-27618

【印刷・製本】株式会社リーブルテック

ISBN978-4-7753-1865-2

※本書は、「小説家になろう」（http://syosetu.com/）に掲載されていたものを、改稿のうえ書籍化したものです。